都会中的孤岛

とかいのなかのことう

[日] 坂口安吾 著
丁灵 译

中国出版集团 现代出版社

图书在版编目（CIP）数据
都会中的孤岛 / （日）坂口安吾著；丁灵译.—北京：现代出版社，2019.6
ISBN 978-7-5143-7607-4

Ⅰ.①都… Ⅱ.①坂… ②丁… Ⅲ.①中篇小说—小说集—日本—现代 ②短篇小说—小说集—日本—现代 Ⅳ.①I313.45

中国版本图书馆CIP数据核字(2019)第090409号

都会中的孤岛

作　　者：[日] 坂口安吾
译　　者：丁　灵
责任编辑：曾雪梅
出版发行：现代出版社
通信地址：北京市安定门外安华里504号
邮政编码：100011
电　　话：010-64267325　64245264（传真）
网　　址：www.1980xd.com
电子邮箱：xiandai@vip.sina.com
印　　刷：三河市中晟雅豪印务有限公司

开　　本：880mm×1230mm　1/32　　印　　张：7.25
版　　次：2019年6月第1版　　印　　次：2019年6月第1次印刷
字　　数：146千字
书　　号：ISBN 978-7-5143-7607-4
定　　价：49.80元

目录

白痴

白痴

はくち

那房子里曾经同住着人、猪、狗、鸡，还有鸭。各自的住处和吃食实在没有什么差别。有一栋十分歪斜，好似仓库的小房，楼下住着房东夫妻，阁楼则租给了一对母女，女儿怀了个来历不明的孩子。

伊泽租的屋子是一间跟主屋分开的小屋，据说房东害了肺病的儿子曾在这里住过，这屋子给害了肺病的猪住也不为过，不过壁橱、厕所、柜子还是有的。

房东夫妻是开裁缝店的，两人既是镇里的裁缝师傅（所以让害了肺病的儿子住在别的小屋），又是镇议会的议员。租户的女儿原本是镇议会的办事员，据说原先睡在镇议会事务所，除了镇议会的会长和做裁缝的房东以外，跟所有干事（十几人）都不偏不倚地睡过，也就在那期间珠胎暗结。于是镇议会的干事们一起凑钱，打算在阁楼里把孩子处理掉。然而万物皆有用处，干事里有一人是开豆腐店的，女人怀了孕缩在阁楼里以后，只有这个男人还过去找她，最后女人就被默认成这个男人的小妾了。其他干事知道了这件事，立马就不凑钱了，认为在这个节骨眼儿上，应该让开豆腐店的来负担每个月的生活费，还有七八个人也都不愿意掏钱（每人五日元），有开蔬菜店的、开钟表店的、地主以及开其他店的，女人至今还气得跺脚。

这个女人长着一张大嘴，瞪着两个大眼珠子，却骨瘦如柴。她嫌弃鸭子，只愿意给鸡喂点残羹剩饭，然而鸭子会从一旁抢食吃，所以她每天都怒气冲冲追着鸭子跑。她前面挺着大肚子，后面撅着大屁股，那奇妙的姿态跑起来活像一只鸭子。

裁缝师说，小巷的出口是一家香烟店，里头住着一个足有五十五岁，涂着白粉的老女人。据说她把第七个还是第八个情夫赶了出来，正苦恼是找个中年和尚还是找个中年店主来补缺，因此只要年轻男人去后门买香烟，她都会卖给他们一些（然而是黑市价格），所以您（指伊泽）也可以从后门买买看。不巧伊泽工作单位那边有补助，不用麻烦那个老女人就解决了。

斜对面派米处的后面住着一个寡妇，手里有点小钱，有两个孩子，一兄（工人）一妹，这对亲兄妹却有着夫妇之实。寡妇觉得这样最终更省钱一些，也就默认了，然而这期间哥哥却有了别的女人。于是寡妇就不得不把妹妹嫁出去，寡妇给妹妹找了一个远房亲戚，这个亲戚是个五六十岁的老头，妹妹就吃了老鼠药。妹妹吃完老鼠药，来了裁缝店（伊泽租的屋子）学习，随后开始难受发作，结果就这么死掉了。当时镇里的医生给开了张心脏麻痹的诊断书，这事儿就这么不了了之了。“哎？是哪个医生能给开这么管用的诊断书啊？”伊泽惊奇地问道。裁缝店家却一脸震惊，反问道：“什么？医生不都这么干吗？”

这附近林立着一栋栋廉价公寓，其中有一部分屋子里住着小妾和妓女。这些女人没有孩子，又有一个共性——会把自己的屋子收拾得很干净，因此管理员也就很喜欢她们，也就从没在私生活混乱、德行败坏等方面找过她们的碴儿。公寓起码有一半都是军需工厂的宿舍，里面还住着一群女子挺身队，里面有某某部门谁谁的情人，科长阁下的战时夫人（就是说真正的夫人还在逃难呢），重要人物的二奶，怀着孕带薪休假的挺身队队员。其中还有“每人五百日元”[①] 的小妾，这小妾自己建了一栋房子住着，深受众人羡慕。据说还有做着杀人营生的满洲浪人，其妹是裁缝店的学徒，浪人隔壁住着一位按摩师，按摩师隔壁住着得了裁缝师银次[②] 真传的行家，再往里住着一位海军少尉，这位少尉每天吃鱼、喝咖啡、吃罐头、喝酒。这一带往下挖一尺就能冒出水来，想建防空壕也建不了，只有这位少尉用水泥造了一个比自己家还气派的防空壕。另外，伊泽上班路上有一家百货商店（木制二层小楼），一楼因为战争进不到货而歇业了，二楼则终日开着赌场，赌场的负责人占领了几处国民酒场[③]，终日烂醉如泥，瞪着排队的民众们。

伊泽这个男人，大学毕业后就当了报社记者，接着又成了

---

① 日本从江户时期起就有几个人合起来包养同一个小妾的做法，因为包养小妾很贵，所以男人们会平摊费用，约好去小妾那里的日程，以免撞上，当时通常是三五个男人包养一个小妾。——译者注

② 明治时代的扒手老大，本名富田银藏。此处暗指隔壁住的是个小偷。——译者注

③ 第二次世界大战中由日本政府设置，在日本政府行政管理监督下运营的大众酒场。——译者注

文化电影[1]的演员，只是个见习工，并没有单独出演过电影。活到二十七岁这个年纪，理应对人生的阴暗面有一定的了解，知道一些政治家、军人、实业家、艺人的内幕，然而伊泽没想到，这条被郊区的小工厂和公寓包围的商业街竟会是这样一种生活状况。伊泽问了问裁缝师，说是不是因为一直战争才搞得大家人心惶惶。裁缝师却用哲学家般的神态一脸平静地回答道："没有，这个呀，这一带从以前开始就是这样啦。"

然而，这里面最大的人物还要数伊泽的邻居。

这邻居是个疯子。这疯子相当有钱，却特地把房子建在小巷尽头，可想而知，这也是出于疯子的考虑，好避开那些他极度厌恶的小偷和闲杂人等。要说为何，因为摸到小巷尽头，进了院门，看了一圈都找不到供人出入的门口，只能看见嵌了窗格的窗户，这房子的玄关在房子的背面，跟院门处于正相反的位置。也就是说，不围着房子绕一圈是走不到的。这样一来，无端闯入的闲杂人等就会断了念想，还能趁闯入者寻找玄关的时候摸清该人身份，起到预警和牵制的作用，因为邻居不喜欢浮世间的诸般俗物。这房子是二层小楼，房间相当多，就连无所不知的裁缝师也不大清楚这房子的内部结构。

疯子三十岁上下，有个老妈，有个二十五六岁的老婆。有人说这一家子里面只有当妈的还属于正常人，但这当妈的有相当严重的癔症，是镇上唯一一个对配给物资不服而光脚闯入镇议会的

---

① 日本在"二战"时期的一种电影类型，基本等同于"教育片"和"纪录片"。——译者注

女中豪杰。疯子的老婆是个白痴。某个幸福美满的年头，疯子动了念，置办了一身白衣就踏上四国遍路[①]的旅途了。当时疯子在四国的某个地方跟白痴女人意气相投，就把女人当作遍路的纪念品娶回了家。疯子是个仪表堂堂的好男儿，白痴老婆也有着正经家庭的正经小姐该有的优雅品行，细细的双眼透着阴郁，面容如能乐面具般美艳，又宛如瓜子脸的古典人偶。两人并排站着，远远望去，看起来就是俊男美女，还是极有文化教养的一对璧人。疯子戴着度数很高的近视眼镜，时常挂着一副读破万卷诗书的忧伤面容。

某一天这条小巷有场防空演习，正是太太们积极活跃的时候，这男人没穿袴服，身着便装出来参观，边参观边哈哈大笑，不久又忽然换了一身防空服装，从一人手中抢走了水桶，同时发出了“耶”“呀”“嚯嚯”等好几种奇妙的叫声，架起椅子爬上了围墙，站在屋顶上发号施令，紧接着开始了一场演讲（训话）。伊泽到了这时才发现这男人是个疯子。虽然之前这位邻居时不时就会翻墙闯进裁缝家的猪圈，把剩饭桶里的剩饭全部倒出来，顺便拿石头扔人家家养的鸭子，前一秒还一脸若无其事地喂着鸡，下一秒就突然把鸡踢飞。伊泽还以为他大有来头，因此一直安静地跟他互相行以默礼。

不过，疯子和正常人是有所不同的。要说哪里不同，那就是

---

① 指参拜“四国八十八所”。“四国八十八所”是指日本真言宗创始人弘法大师为修行而到过的八十八所寺院。寻访这八十八所寺院的旅行被称为“四国遍路”或“四国参拜”，全程长达 1400 公里。——译者注

疯子本质上比正常人更加谨言慎行。虽然疯子想笑的时候会哈哈大笑，想演讲的时候会演讲，会向家鸭扔石头，会花两个小时来戳猪的脸跟屁股，不过他们本质上非常害怕别人的眼光，一直在私生活的主要部分慎之又慎，费尽心思地要跟他人断绝关系。从院门进来绕一圈才能找到玄关也是这个道理。他们的私生活基本没什么动静，也很少跟别人说一堆没用的废话，多是思想层面的活动。小巷的一侧是座公寓，一年到头都洋溢着流水声和太太们低俗的声音，这些声音像是压在伊泽的小屋上。这座公寓里还住了一对妓女姐妹。姐姐接客的晚上，妹妹就不停在走廊里走来走去，妹妹接客的晚上，姐姐就在深夜的走廊里来回走动。只有疯子想笑就哈哈大笑，所以别人都一直当他是异类。

白痴老婆特别安静老实。总是战战兢兢地在嘴里嘟囔些什么，说的是什么也听不太清，就算能听清说的是什么，也不清楚她想表达什么意思。做饭也是，连米都不会煮，如果硬叫她做，应该还是能做的，不过要是因为她犯错而冲她发火，她就会战战兢兢地犯下更多错误，就算去拿配给品，她自己也做不了什么，只会呆站着，都是由其他街坊邻居来帮忙。大家都说疯子的老婆，是个白痴也很正常嘛，不能要求她太多。而疯子老妈就大大的不愿意了，怒道:“一个女人连饭都不会煮！”平时还是一位有节制有修养的老太太，不管不顾地就大犯癔症，疯起来其凶猛程度不亚于疯子，三个疯子里，就数老太太吼叫起来最吵闹，最病态。白痴女人怯生生的，在风平浪静的日子里经常都是一副战战兢兢的样子，连人的脚步声都会把她吓一跳，伊泽大声地跟她打声招呼，她反而会愣在原地不动。

白痴女人偶尔会来猪圈。疯子向来都是像进自己家门似的光明正大地闯进这里，向家鸭扔石头，来回戳猪的脸；白痴女人则总像影子一样，无声无息地逃到猪圈的阴暗处屏息藏身。换句话说，这里是她的避难所。这种时候，邻居家里多半就要响起老太太鸟叫般的喊声了——“治代！治代！”每当这时候，白痴的身体都会僵直或是抽搐，来来回回像虫豸一样挣扎许久后才不得不开始行动。

报社记者和文化电影的演员之流都是贱业中的贱业。他们只了解时代的潮流，他们全部的生活就是不落后于时间的脚步，自我追求、个性、独创性这类东西在这个世界上则是不存在的。他们的日常对话中充斥着自我、人类、个性、独创等词汇，而极少谈到公司职员、官吏、学校的教师。然而这些只存在于口头上，他们是那种会散尽家财讨女人欢心，说出“宿醉的痛苦才是人类的烦恼”这种话的滑稽之人。啊！感谢红太阳，感谢兵士们[①]，我眼眶不由得一热，咚当咚当的轰炸声，忘我地趴在地上，砰砰砰的机枪声，他们绝大多数都痴迷着那些没有思想高度，甚至没有一行能给人实际感受的虚构文章，自以为把这些文章拍成电影就是在体现战争了。也有人在军部检阅时说写不出来，然而会这么说并不是因为心里想到了其他具有真实性的文章，文章自身的真实性和实际感受跟检阅没有关系。总之，这帮人不管在什么时代

① 日本 1939 年发布的一首流行歌曲。——译者注

都只是一群没有内容、空虚的人。他们顺着时代的潮流从右到左今朝有酒今朝醉，拿通俗小说里的表现手法当榜样，以为这就是表现时代的手法了。事实上，时代只不过是浅薄愚劣之物。这场颠覆日本两千年历史的战争和失败，跟人类的真实性究竟又有什么关系呢。整个国家的命运全系在最为稀薄的自省意志和暴民的妄行上。只要在部长和总经理面前提起什么个性、独创，他们就会背过脸去，言外之意仿佛在说蠢货。感谢兵士们，啊！感谢红太阳，我眼眶不由得一热，OK，报社记者就是这么点玩意儿，事实上，时代就是这么点玩意儿。

师团长阁下训话足足花了三分钟，有必要写长一些吗？需要把职工们每天早上像祈祷似的唱了又唱的古怪歌曲一五一十地写清楚吗？当他们问部长这些问题时，部长就会唰地把脸扭过去，咂咂舌，又突然转过头来，把高级香烟扑哧一下按灭在烟灰缸里，瞪着他们吼道："喂！在这个动乱的时代还要什么美？艺术是无力的！只有新闻才是真实的！"演员拉拢演员，策划部门员工拉拢策划部门员工，拉帮结派，创造出一个跟德川时代的侠客一样的情谊世界，用热情世故来处理才能，创造了一套比公司职员还公司职员的排序制度，然后根据这一制度来维护各自的平庸，把艺术的个性和天才引发的争霸视为罪恶，自以为这是违反劳动工会规定的，还根据相互扶持的精神完善出了一套用于救济才能匮乏的组织体系。在内是才能匮乏的救济组织，在外却是酒精的获得组织，这伙人占领了国民酒场，每人灌下三四瓶啤酒就酩酊大醉，然后就开始谈论艺术。他们的帽子、长发、领带、上衣都是艺术家，但他们的灵魂和本质其实比公司职员还公司职员。伊泽相信艺术的独创性，放弃不了个性的特殊性，不仅无法在人情世故制度中得以安歇，还无法控制自己不去憎恨该制度的平庸性和低俗卑劣的灵魂。他是这伙人中的局外人，就算向他们打了招呼，他们也不会回应他，甚至还有人会瞪他。他鼓起勇气闯进总经理办公室。“战争跟艺术性匮乏在理论上有必然性吗？还是说这是军部的意思？光拍现实的话只要有相机和两三根手指就绰绰有余了。要根据怎样的角度来对其予以裁决，将其构成艺术——我们艺术家正是为了这一特别的使命而存在……”话才说到一半，总经理就扭开了脸，非常不高兴地吐了口烟，用一脸“你为什么不辞职，难道怕被拉去当兵”的表情开始苦笑，随后又换了一种表情，仿佛在说：“你只要照着公司的计划卖力做好普通工作，能靠这份工作拿到月薪就够了，别想些多余的事儿。”他一句话也没回伊泽，做了个“滚回去”的动作。这不是贱业中的贱业又是什么呢？有时候伊泽甚至想，干脆咬咬牙去当兵算了，如果能从思想的苦楚中解脱，那么子弹和饥饿简直就像太平乐一样美好。

就在伊泽的公司策划《守住拉包尔！》和《飞向拉包尔！》并制作剧本的期间，美军已经越过了拉包尔，登陆塞班了。《塞班决战！》的策划会议还没结束，塞班就失守了，美国飞机已经开始从塞班飞到人们的头顶上了。于是他们制作出了《如何扑灭燃烧弹》《天空冲撞》《土豆的种法》《一架都不能放回去》《省电和飞机》，真是不可思议的热情。一部部植入了无尽乏味的奇妙电影陆续出炉，胶片不够，能动用的相机越来越少，艺术家们的热情呈现出极度狂躁的状态，《神风敢死队》《本土决战》《唉！樱花散落了》，他们就像被什么东西附了身似的，诗情翻涌。一部部如白纸般无聊透顶的电影得以诞生，明天东京就要成为废墟了。

伊泽的热情死了。早上睁开眼，一想到今天又要去公司就犯困，正迷迷糊糊呢，预警警报响了，坐起身，缠上绑腿，抽出一根烟，点着火。心里想着：唉，辞职的话，这烟也没得抽了。

有一天晚上，已是深夜，伊泽好不容易赶上了末班电车，因为私人铁路已经停运了，他就走了好长一段夜路才回到了家。打开灯，惊奇地发现自己从不收拾的床铺不见了。从来没有人在他出门后给他打扫过屋子，也没有人进过他的屋子，因此他很是诧异，打开壁橱一看，发现白痴女人在叠放整齐的被褥旁藏着。女人用不安的双眼观察着伊泽的脸色，把脸埋进了被褥间。她看伊泽没有生气，于是安下心来，与伊泽亲近了许多，镇定得令人吃惊。女人嘴里一个劲儿地念叨着什么，问她在念叨什么，她又说得极为模糊简要，语言也组织得断断续续，嘴里净说一些跟伊泽毫不相干的事和一些自己介怀的事，伊泽没问就明白了是怎么一回事儿，多半是女人挨骂了不知该如何是好，就逃到了这里，考虑到尽量不要吓到白痴女人，伊泽就没多问，只问女人什么时候从哪儿进来的。女人咕咕哝哝说了一堆令人费解的话，最后卷起一只袖子，摸着手臂上一处地方（那里有一块擦伤），说什么我很痛，现在还在痛，刚才也很痛，诸如此类的话，因为女人把时间分得很细，所以伊泽好歹弄清楚了她是入夜以后才从窗户进来的。女人又表示自己光脚在外面四处走，脚上沾了泥土，进来以后把房间踩脏了，对不起呀——这意思当然也是伊泽来来回回转了无数个死胡同以后，才从女人的自言自语中总结判断出来的，就连这句“对不起呀”也没法肯定是在道哪门子歉。

伊泽不好大半夜把邻居敲醒，还一个惊惧至极的女人给他们，话虽如此，要是留女人住一宿，天亮了再把女人还回去，不知又会产生怎样的误会。因为对方是个疯子，所以伊泽连后果都没法想象。管他呢！伊泽心里不知怎的竟涌出了一股子勇气，虽说这股勇气的实质只不过是伊泽对白痴生活方面的感情麻木所抱有的好奇心、刺激，以及魅力诱发的产物。伊泽告诉自己，随他去，总之就把眼前的现状看作一次考验，这次考验对我的人生观来说是必要的，除了眼前的义务——保护白痴女人一夜——以外，没必要去想也没必要去害怕任何事情。他告诉自己，就算自己因为这突如其来的事情而有些莫名的感动，也没什么好羞愧的。

伊泽铺了两套被褥，让女人睡下，随后关了灯。才过了一两分钟，女人就突然坐起身，掀开被子，跑到房间的角落里缩着。要不是天寒地冻，伊泽或许就强迫自己别去管她而直接睡觉了。然而在这尤为寒冷的深夜，光是两个人分一人份的被褥，外面的寒气都会直逼肌肤，冻得身子颤抖不已。伊泽坐起身，打开电灯，发现女人在门边拢着衣领，缩成一团，眼神简直就像被逼到了绝境。“怎么啦，快睡吧。”伊泽刚说完，没想到女人会如此听话，只见她立刻点了点头，又钻进被褥，然而伊泽关了灯，才过了一两分钟，女人又像刚才那样爬起来了。伊泽把女人安置回被窝里，告诉她别担心。“我不会乱碰你的身子的。”女人眼里却满是胆怯，嘴里嘟囔着一些听上去像是在给自己找借口的话。就这样，伊泽第三次关上电灯，这次女人马上就爬了起来，打开壁橱门，进到里面，从内侧把门关上了。

这执拗的做法惹得伊泽气不打一处来。他粗暴地扯开壁橱：“你是不是哪儿搞错了啊?！我都解释那么久了，你还跑到壁橱里拉上门，你侮辱人也侮辱得太过分了吧！你这么不信任我，还跑我家来干什么?！你这是在愚弄人，平白无故羞辱我的人格，搞得我好像对你做了什么坏事似的，胡闹也要有个度吧！”不过伊泽一想到这女人甚至没办法理解这番话的意思，就觉得与其干这种有来无往的蠢事，还不如给女人侧脸来上一拳，自己赶紧去睡觉，想必这才是最精明的做法。这时女人却一脸迟疑地看着伊泽，嘴里嘟囔着什么，大意似乎是“我想回去，我不应该来的”。然而女人说的一句话却使得伊泽心口一紧，无法坐视不管了。

“——可是我已经没有可以回去的地方了。”

“那你就放心在这里睡一夜吧。我没有恶意，只是看你刚才的表现，就好像在说自己是个受害者似的，我才会发火。别待在壁橱里，来被窝里睡觉吧。”于是女人又盯着伊泽，嘴里快速地嘟囔着什么。

“哎？你说什么?！”伊泽吓得差点蹦了起来。不知为何，女人叨念的话里清清楚楚有一句“你讨厌我了”。

“哎？你说什么？”伊泽不由得瞪大眼睛问道。

女人露出忧伤的神色，只是来来回回嘀咕着一些话，话中之意大概是：“我不应该来的”“我被讨厌了”“我没想到会这样”，然后盯着一个方向愣愣地出神。

伊泽这才明白了。

女人并不是害怕他。事情全搞反了。女人并不是因为挨了骂无处可逃这点小事才来的。女人一直以为伊泽爱她。然而到底发生过什么事能让女人深信伊泽爱她呢？伊泽不过是在猪圈附近、小巷，还有街上跟她打过四五次招呼，这会儿想起来，一切都来得太突然，这根本就是场闹剧。伊泽目前不得不去理解白痴的意愿和体会，总之要理解的都是一些人类范畴之外的东西。关了电灯过了一两分钟，男人的手没有碰女人的身子，就是被讨厌了，因为羞耻就逃出了被窝。这件事对白痴来说真的很悲痛吗？伊泽能相信这一事实吗？白痴也搞不明白这些，就缩进了壁橱里。可以把这一行为理解成白痴的耻辱和自卑的体现吗？因为甚至没有一句话能让伊泽拿来判断这一推测，基于现状，他只能把自己和白痴降到同等地位。为什么非要以人类的标准来思考判断呢？自己也有白痴心中那份坦率，这难道是作为人类的耻辱吗？我曾经也认为，有一颗白痴这样的心，有这颗稚嫩、坦率的心比什么都重要。现在我却不知把它忘在了哪里，只顾在龌龊的人类思维中追寻污秽肮脏的虚妄之影，搞得自己疲惫不堪。

他让女人睡下，自己坐在她枕边，就像在哄三四岁大的小闺女睡觉似的，抚着她的刘海儿。女人恍惚地睁开眼，天真的样子简直就像个小孩子。伊泽起初也莫名其妙地跟女人讲了一些一本正经的话:“我没有讨厌你,人类表达爱的方式不是只有肉体,人类最后的归宿是故乡,你就是一直住在那里的居民。”当然,女人不可能理解得了这些话,况且语言究竟又是什么呢?有多大价值呢?甚至没有任何证据能说明只有人类的爱是真实的,那足以让人把生命的热情都托付给它的真实之物到底又在何方?一切都只是虚妄之影。伊泽抚着女人的头发,就忍不住想要放声大哭,心中满是伤感,仿佛这漂浮不定,难以握紧的小小爱情就是自己一生的宿命,而自己正出神地抚摩着这宿命的发丝。

这场战争到头来究竟会如何呢?或许日本会输,美军会登陆本土,一大半日本人将迎来灭亡。这也只能说是另一种超自然的命运,也就是所谓的天命。然而他有一个更卑微的问题。这问题卑微到令人吃惊,然而问题就在眼前,总是在那里忽隐忽现,挥之不去。这问题就是他心中的那份不安,也就是他从公司拿到的那两百多日元的工资,这份工资能拿到什么时候?明天会不会就惨遭辞退,在街头游荡?他拿工资的时候,就会战战兢兢,害怕公司宣布要辞退他。拿到了工资袋,就延了一个月的命,随之也就体会到了一种近乎惘然的幸福感。然而每当他回望这份卑微,总会想哭。他做着艺术的梦。在艺术面前,两百日元的工资只不过是一粒尘埃,然而不知为何,这份工资却成了一种巨大的苦闷,这份苦闷像是融入了他的骨肉,撼动着他生存的根基。不光是生活的外形,就连生活的精神和灵魂都被束缚在这两百日元里,更可悲的是,他凝视着这份卑微,精神还能保持正常,还能若无其事地活着。“喂！在这个动乱的时代还要什么美！艺术是无力的！”部长滑稽的吼声包裹着真相，以雷霆万钧之力扎进了伊泽心里。唉！日本是要战败的。同胞们将会像崩坏的泥人一样，一个接一个重重倒下。无数的腿脚、脖颈、手臂将会随风跟残砖烂瓦的碎屑一起被吹上天空，日本将会变成一座没有树木、没有建筑，什么都没有的光秃墓地。比起上述结果，伊泽的好奇心倒是在阵阵作痛——不管逃到哪里，躲到哪个洞穴里，在哪里连带洞穴被一起炸飞，若是万一能活下来的话——虽说活下来简直就像做梦……为了这鲜活的重生，还有那完全无法预测的新世界，为了在布满碎石的荒野上生活而阵阵作痛。再过个半年或是一年，这注定的命运就将到来。虽然它注定会到来，但伊泽只觉得它仿佛如同梦中的世界一般，遥远而又离奇。这两百日元那决定性的力量遮住了他眼前的一切，将他活下去的希望连根拔起带走，在梦里他都被这两百日元勒着脖子，呻吟着，他二十七岁青春年华中的全部热情仍在不断被漂白。事实上，他已经茫然走在黑暗的旷野之上了。

伊泽想要女人。想要女人的这一呼声甚至是伊泽最大的愿望。然而他跟女人的生活也会遭到这两百日元的束缚，锅碗瓢盆柴米油盐都要背上这两百日元的魔咒，他们将会生下一个被两百日元魔咒附身的孩子，女人会像奴仆一样化身成被魔咒附身的恶鬼，每天叨念个没完。心中的灯火、艺术、希望之光都消失了。生活本身会像路边的马粪一样被踩个稀烂，干透后就会被风吹散，连半点痕迹都不剩。就连抓痕，都会消失无踪。女人的背上缠绕着这种魔咒。无法承受的卑微生活。他自身甚至没有能力去操纵现实中的这份卑微。啊！战争。它用这伟大的破坏力，用这离奇古怪的公平性来裁决众人，全日本将变成满是碎石的荒野，泥人们会一个接一个重重倒下，这份巨大的爱是如此虚无，又如此揪心！他想沉睡在破坏之神的怀抱中，而只要警报一响，他就生龙活虎地缠起绑腿来。每天生活的价值只在于对生命的担惊受怕和玩乐。警报一停，他就垂头丧气，又开始陷入绝望的感情麻木状态了。

这个白痴女人不会做饭，也不会做味噌汤。站在配给队伍里就已经拼尽全力了，连表达都有问题，简直就像一片极薄的玻璃似的。哪怕是一缕喜怒哀乐的微风，她都会有所反应，夹在放心和恐惧的褶皱间接受他人的意愿，并让其经过。就连两百日元的恶灵都不能寄宿在这个灵魂里。这个女人简直就像是为我定制的可悲人偶呀。伊泽眼中仿佛看到了跟这个女人搂在一起，在风的吹拂下走在黑暗的旷野中，步上无尽的旅途。

然后，他感到这一念头有些荒唐，傻得离谱。自己会这么想，多半是因为这卑微透顶的人类躯壳蚕食了心中的意志吧。虽知如此，自己又为何从涌现的这一念头和坦率的情感中感觉不到半点虚假？又没有什么本质性的规定来断定那些公寓里的妓女和某些地方的贵妇就比白痴女人更有人味儿。然而世道就是这么滑稽，仿佛真有这种不可动摇的规定一样。

我有什么好怕的，简直就像那两百日元的恶灵……我现在正想靠这个女人跟那个恶灵断绝关系呢，这到头来，不还是被恶灵的魔咒绑住了吗？我只是害怕世人的眼光而已。这世界就是公寓的妓女、小妾、怀了孕的挺身队、发出跟家鸭一样的鼻音大吵大闹的太太们的排队会议而已，除此之外不存在什么世界，因此我才不相信这明摆着的事实。我害怕的是这不可思议的规定。

那是短暂到惊人同时也是无限漫长的一夜。伊泽原本觉得这长夜仿佛会永远持续下去，然而不知何时天亮了，黎明的寒气把他整个身子冻得跟没有感觉的石头一样。他仍在女人的枕边，轻抚着女人的头发。

☆　　☆　　☆

从那天起，另一种生活就开始了。

然而除了一间屋子里多了一具女人的肉体以外，一切并没有什么变化。简直虚假得令人难以置信。他的周围，他的精神上甚至都没有一棵新芽探头。伊泽干脆理性地接受了这异常的事态，至于生活本身，就连改变桌子位置这种微小的变化都没有发生。他每天早上上班，白痴则一人留在壁橱里看家等着他回来。而且他只要一迈出门口，就把白痴女人忘个干净，只感觉一切都很遥远，就像发生在十年二十年以前似的，脑海中只有模糊的印象。

战争这玩意，忘性强健得不可思议。战争惊人的破坏力和空间的转变力只用一天就能引发数百年的变化，让人觉得一周前发生的事已经过去好几年了，至于一年前发生的事，则被隔绝到了记忆最深处的箱底。好比伊泽家附近的道路，工厂四周的建筑物惨遭摧毁，整个小镇掀起一阵尘头大起的逃难骚动也不过是才有的事，这烂摊子还没收拾好呢，这场骚动就遥远得仿佛发生在一年前似的，那些令街道面目全非的巨大变化在第二眼看上去时，已经是理所当然的景象了。白痴女人终究也就模糊在这强健忘性的混杂碎片中的一枚碎片里了。车站前的居酒屋（直到昨天还大排长龙）逃难留下的破木棍，遭炸弹毁坏的大楼上的窟窿，小城的火后废墟，白痴的面容充其量只是夹在这些混杂的碎片中滚动着而已。

然而每天都会响起预警警报。有时候还会响起空袭警报。因此他就形成了一种非常不高兴的精神状态。这种精神状态源自他的担忧——若是他家附近有空袭，就会发生未知的变化。担忧的唯一原因就是怕女人乱了阵脚，从家里跑出来，闹得街坊四邻人尽皆知。因为忧心这种未知的变化，他每天白天都不能回家。有好几次，他想索性把一切都跟裁缝店家坦白了——这也许是对无法克服这种低俗的忧虑的惨状做出的微弱反抗吧，又对这种卑微感到绝望，因为这至多算是一种通过最小伤害的坦白来转移忧虑的悲惨手段，他自身的本质并没有凌驾于低俗的大众之上，对此他只能诅咒和愤慨。

对他而言，有两张白痴的脸他是忘不掉的。在拐过街角时，在爬公司楼梯时，在挤出电车人群时，在许多想不到的地方他都会忽然想起这两张脸，每逢这时，他所有的思考都会结冰，瞬间涌上的气血也绝望地冻结了。

其中一张脸是他第一次碰白痴肉体时，白痴的那张脸。到了第二天，这件事本身就遥远得好像一年前发生的事了。然而只有这张脸被单独分割出来，一遍遍地浮现在他的脑海。

从那天起，白痴女人就只是一具始终在等候的肉体，丝毫不再去想外面的任何生活。女人只管等候着。光是伊泽的手碰到女人的部分肉体，女人就将所有的意识放在肉体行为上了，于是身体、表情都只处于等候状态了。令人吃惊的是，深夜里，光是伊泽的手碰到女人，女人酣睡如泥的肉体都会做出相同的反应，只有肉体始终活着，始终在等候，就算在睡觉时也如此！可是，要说女人醒来后脑子里在想些什么，本来也就是空无一物，有的只是昏睡的灵魂以及活着的肉体而已吧。醒着的时候灵魂在沉睡，睡着的时候肉体在苏醒。有的只是下意识的肉欲。那只不过是一具肉体，一具始终清醒，像虫豸一样不知餍足地蠕动着的肉体。

另一张脸则在伊泽碰巧休假的那天。即将破晓的地区遭受了长达两小时的轰炸，伊泽没有防空壕就跟女人一起钻到壁橱里，用被褥当掩护藏着。轰炸集中在离伊泽家四五百米远的地区，房子跟地轴一起摇晃，呼吸和思考也随着轰炸声断绝了。同样都是落下来的炸弹，燃烧弹和轰炸弹在威力上的差距就好比日本锦蛇[①]和蝮蛇[②]。燃烧弹尽管会带着一阵咔嚓咔嚓的非常诡异的声响，但落到地上不会有爆炸声，因此在头上咻地就消失了，就是所谓的虎头蛇尾，蛇尾都算不上，因为完全没有尾巴，所以欠缺决定性的恐怖感。然而轰炸弹这玩意，下落声音虽然微弱低沉，却会哗地发出像下雨一样的声音，拉出一条直线，因为这玩意最后会发出宛如连地轴一起撕裂的爆炸声，所以一条直线里就

---

① 日本锦蛇身长100厘米至200厘米，无毒。——译者注

② 蝮蛇体长60厘米至70厘米，有毒。——译者注

已经包含着极为惊人的十足威力了，说到轰炸弹的脚步噼啪噼啪靠近时，那绝望的恐怖感，就如字面意思一样，让人没有活着的真实感。再加上飞机飞得很高，美军飞机轰隆隆从头上飞过的声响也就极为隐约，若无其事地在风中响起，简直就像一个没在正眼瞧你的怪物挥着大斧子要砍过来似的。因为不清楚攻击对象的情况，所以遥远到诡异的低沉轰炸声令人甚是不安。这时又持续传来像下雨般一条直线的下落声。在等待轰炸期间的恐怖，这家伙连语言、呼吸、思考都完全停止了。这次终于要一命呜呼了——只剩下这种绝望凭借着濒临发疯前的寒冷存活着，发着光。

万幸的是，伊泽的小屋被公寓、疯子家以及裁缝店这些二层小房包围，附近的房子有窗玻璃碎了的，也有屋顶受损的，然而只有他的小屋连玻璃都没有裂缝。有的只是染满血迹，刚刚飘落在猪圈前田地里的防空头巾而已。壁橱中，只有伊泽的眼睛在发光。他看见了，白痴的脸，那伸手去抓紧虚空的绝望和苦闷。

原来如此啊，人类是有理智的。无论何时，都会留下几分克制和抵抗的影子。如果连这几分理智、克制、抵抗的影子都没有了，那该是多么可悲啊！女人的脸和全身都因为向死亡之窗敞开的恐怖和苦闷僵硬了。苦闷在动弹，苦闷在挣扎，然后苦闷流下了一滴眼泪。如果狗的眼睛也会流泪，那么狗笑起来应该同样丑怪至极吧。连理智的影子都没有的眼泪，还有比这更丑恶的东西吗？轰炸期间，四五岁乃至六七岁的孩童们居然不会哭。他们的心脏掀起如海浪般的悸动，他们失去了语言，只会瞪大异样的眼睛。他们全身上下只有眼睛还活着，然而一眼看去，才发现他们只是把眼睛瞪得大大的，眼中并没有刻着不安和恐怖这种直接而剧烈的表情。倒不如说，这些孩子比普通的孩子更能理智地悄悄扼杀掉自己的感情。在这一瞬间，所有的大人也不过如此，或者说还不如他们，因为他们表现出那种露骨的不安，以及对死亡的苦闷要远超于孩童，也就是说，孩子看起来甚至要比大人冷静得多。

白痴的苦闷，跟孩童们的大眼睛是截然不同的。那只是一种单纯出于本能的对死亡的恐惧和苦闷，而并非人类的产物，也不是虫豸的产物，只是一种丑恶的行为。如果有那么点相像之处的话，也就是大约一寸五分[①]的青虫膨胀到了五尺[②]长，在挣扎，在动吧。还有一滴眼泪从眼里滑落。

不说话，不叫唤，不呻吟，连表情都没有。甚至连伊泽的存在都意识不到。是人类的话，不应该如此孤独。男人和女人两人单独待在壁橱里，却把另一方的存在忘个干净，这对人类来说是不可能的事。人是绝对孤独的，然而只有认识到了他人的存在，才可能有绝对的孤独。岂有如此盲目、下意识、绝对的孤独？那是青虫的孤独，带着可悲的孤独之相，连一丝心的影子都找不到的、不堪入目的苦闷之相。

轰炸结束了。伊泽抱起女人，平时女人哪怕被伊泽的一根手指碰到胸部都会有反应，这时却连肉欲都丧失了。伊泽抱着这具

---

① 约等于 4.5 厘米。——译者注

② 约等于 152 厘米。——译者注

躯壳，无尽地，不断地坠落。只有黑暗，黑暗，无尽地坠落。

那天轰炸刚结束，他出去散步，在坍塌的民居间看到了被炸飞的女人腿脚，肠子飞出来的女人肚子，被炸断的女人脖颈。

三月十日那场大空袭的废墟还冒着硝烟，伊泽穿过硝烟，漫无目的地在街上走着。人类跟烤鸡肉串一样死得到处都是。死成一坨，跟烤鸡肉串没什么两样。不害怕，也就不觉得肮脏。也有些尸体跟狗挨着，同样被烤得焦黑。这完全就是枉死。然而就连对于这种枉死的悲痛和感慨都荡然无存了。这些人不是像狗一样死去，只是刚好跟狗，还有其他相同的某些东西一起，像一盘烤鸡肉串那样摆在那里而已。他们既不是狗，就连人类也算不上了。

如果白痴女人被烧死，也就只是泥土做的人偶又归于大地而已吧。如果到了燃烧弹投向小镇的那一夜……伊泽想到这里，不禁注意到了自己的样子、自己的表情、自己的双眼了——自己竟能如此冷静地沉思。“我很冷静，我在等待空袭，很好。”他冷笑道。我只是单纯讨厌丑恶的东西。而且，只是烧死一具本来就没有灵魂的肉体而已。我没有杀这个女人。我是一个卑劣的、低俗的男人。我这点心胸都没有。不过，战争多半会杀了女人。我只要抓住战争的冷酷大手向女人头上伸去时的一点点影子即可。不关我事。多半也就是在发生什么情况的那一瞬间，女人就被自然而然地解决掉了。于是伊泽极为冷静地等待着空袭的到来。

☆　　☆　　☆

那是四月十五号。

两天前，在十三号，东京遭到了第二次夜间大空袭，池袋、巢鸭、山手一带遭毁，不过这些地方只是碰巧拿到了受灾证明而已。伊泽去琦玉购粮，在双肩背包里背了好些米回来。他刚到家，预警警报就同时响起来了。

想想烧剩下的地区，谁都能猜到，下一场东京空袭多半就在这小镇附近了。这小镇的命运之日正在临近——快的话明天，慢的话要不了一个月。伊泽会这么考虑，是因为之前的空袭速度和编队夜间轰炸的准备时间间隔很短，应该差不多就是明天了。所以伊泽没想到当天就是那一天，所以伊泽才会出门购粮，虽说是购粮，也还有其他目的。伊泽上学时，跟这农户有些交情，他的主要目的是把两个旅行箱和双肩背包里的东西寄存在农户家。

伊泽筋疲力尽了。反正逃难用的衣服就是防空服，他索性把双肩背包当枕头，直接倒在房间正中央。事实上，他在这千钧一发的时候昏昏沉沉地睡着了。忽地睁开眼，广播已经从四面八方震耳欲聋地响起，编队的前方已经逼近伊豆南端，并飞过了伊豆南端。与此同时，空袭警报响了。伊泽觉察到这小镇的末日终于来了。伊泽把白痴赶到壁橱里，拎着毛巾，咬着牙刷来到水井旁。因为伊泽几天前才弄到了狮王牙膏，很怀念忘却许久的那种牙膏渗透口腔的爽快感，所以一觉察到命运之日来临时，不知为何就想刷个牙，洗个脸。然而一开始他花了很长时间——其实只是他觉得花了很长时间——都没有找到那管牙膏。事实上，那管牙膏只是从原本的位置稍微挪了挪地方而已。等他终于找到牙膏，这次又找不到肥皂了，这肥皂也是过去的芳香护肤皂。这肥皂也只是稍微挪了挪地方，他就又花了很长时间找，却也没有找到。唉！我慌什么呀！冷静，冷静。他不是头撞到架子上就是绊到桌子，因此他暂时中断了一切活动和思想，试图集中精神。然而身体本身却出于本能慌慌张张、跌跌撞撞地行动着。等伊泽总算找到了肥皂来到水井旁时，裁缝夫妻正在往田边的防空壕里扔行李，那个长得超像家鸭的阁楼女儿则提着行李转来转去。伊泽庆幸自己好歹没有放弃寻找牙膏和肥皂的这份执拗，然后想着——这一夜的命运终究会如何呢？还没等伊泽擦完脸，高射炮就响了。伊泽抬起头，头顶上已经有十几束探照灯的灯光交错着，在伊泽的正上方晃来晃去，光线的正中央突然现出美军飞机的影子。紧接着一架，又一架。伊泽下意识往下方一看，车站那边已经成了一片火海。

终于来了。事态一旦明了，伊泽也就放心了。他包着防空头巾，披着被子，站在屋檐下数了二十四架飞机。飞机忽然出现在光线的正中央，从众人的头顶飞过。

只有高射炮疯了似的响，完全没有任何轰炸声。等伊泽数到第二十五架时，就开始响起货运列车从铁路桥上跑过时，那种咔嚓咔嚓的燃烧弹坠落的声音。然而声音似乎从伊泽头上掠了过去，集中到了后方的工厂地带。从屋檐下看不到，于是伊泽就走到猪圈前面往后方看，发现工厂地带已经是一片火海，惊人的是，从那些方才掠过头顶的飞机的相反方向也飞来一架架美军飞机，在后方一带施以轰炸。于是广播停了，天空被火红的浓烟盖住了，美军飞机的踪影和探照灯的光线全部从视野里消失了。除了北方的一角，四周都成了烈火的海洋，这烈火的海洋正在逐渐逼近。

裁缝夫妻办事谨慎，平时就开始整理防空壕，好用来存放行李，还准备了糊缝的泥巴。于是一切都跟安排好的一样，他们往防空壕里塞入行李，拿泥巴糊好缝，最后又在上面盖上了田里的泥土。

“这火真凶猛呀。”裁缝店家一副旧时的灭火装束，抱着胳膊望着熊熊火舌。

“这想灭也灭不了，我要逃啦。要是跑晚了在浓烟里迷了路，送了命可就不值当了。”裁缝店家已经往板车上堆好了成山的行李。

“您跟我们一起把行李拉上来吧。”

这时，一阵复杂到慌乱的恐怖感向伊泽袭来。他的身体几乎要跟裁缝店家一起滑下去，然而一种发自内心的抵抗却挣脱开他的身体，阻止他往下滑。同时他感觉从心中的某个角落传来了撕裂般的悲鸣。这瞬间的迟疑会害我送命！他几乎因为恐怖而淡定了，他又再次扼制住了身体自然而然、摇摇晃晃的下滑。

“我还要留一会儿，我是有工作的，我好歹是个艺人，得试着在生命的尽头来一场最后的交易，看能不能有机会在这尽头正视自己。我想逃，但我不能逃。我不能放过这个机会。你们逃吧。快！快！耽误了一刻，一切就都晚了！”

快！快！耽误了一刻，一切就都晚了！这一番话都是在说伊泽自己这条命。快，快！这一声声不是在催裁缝店家，而是让他自己赶紧逃跑。他想要逃离这里，得等到附近的所有人都走了才行。要不然，白痴就会被别人看到。

“那您保重！”板车一拉上来，裁缝店家也慌了。板车在胡同四处东磕西碰地走远了。裁缝家是这条胡同里最后一批逃难的人。不曾休止，毫无高低，哗哗的诡异声音始终在持续着，就像怒涛在无尽洗刷巨岩的声音，就像无数轰击屋顶的高射炮的碎片无尽下落的声音。然而，这声音只是府道上一群避难民众的脚步声。高射炮的声响已经乱了节奏，在脚步声中包含着一种奇幻的生命色彩。世上没人能判断出这阵无尽的、没有高低也无从休止的奇怪声音是脚步声吧。天地间充斥着无数的声响。美军飞机的轰炸声、高射炮声、下落声、爆炸声、脚步声、敲击屋顶的弹片声。然而在这血红的天地中，只有伊泽附近这几十米单独脱离出来，形成了一小块黑暗的空间，静寂无声。异样而厚重的寂静和疯狂而浓重的孤独将四周裹得严严实实。再等三十秒，再等十秒吧。为什么要等？又是谁在命令自己？为什么非遵守不可呢？伊泽就快发疯了。突然，伊泽挣扎着，哭喊着，盲目地跑了起来。

这时，那在伊泽耳中回荡的下落声从他头顶正上方落了下来。伊泽忘我地卧倒，声音却突然从头上消失了，寂静再次降临四周，静得就像假的一样。哎呀呀，吓唬人的。伊泽慢慢爬起来，掸掉胸前和膝盖上的土，抬起头，发现疯子的家正冒着火。什么呀，炮弹还是砸下来了嘛。他冷静得不可思议。回过神来，左右的屋子，还有眼前的公寓都燃起了火。伊泽飞奔回家，一把掀开壁橱门——其实壁橱门已经散架了，砰地倒在了地上——抱起白痴女人，披上被子就往外跑。这之后有一分钟他完全都不知道自己在干些什么。快到小巷出口的时候，声响又冲着他们的头顶落了下来。他们趴下后再爬起来，发现小巷出口的香烟店也起了火，火从对面屋子的佛坛中喷了出来，跑出小巷再回头，裁缝店也烧了起来，看来伊泽的小屋多半也烧起来了。

四周彻底成了一片火海，府道上也看不见几个避难的人，只有火星在四周疯狂飞舞交错着。这下完了，伊泽想。来到十字路上，就开始拥挤不堪了。所有的人都冲着一个方向去，因为那个方向离火舌最远。那里已经不是路了，而是一条由人类和行李的悲鸣交织而成的河流。你推我挤、你冲我踩地向前涌着，等下落声逼到了头顶上，河流就一下子趴在地上，不可思议地完全静止了。只有好几个男的踩在河流上跑过去，然而河流里有一大半人都带着行李和老弱妇孺，彼此呼唤，站定，想往回返，却被阻挡，被撞飞。于是火舌马上就逼到了道路的左右两侧，来到了狭窄的十字路上。整条河流涌向离火舌最远的方向，然而伊泽知道，那边没有空地也没有田地，一旦被下一批美军飞机的燃烧弹断了去路，就只有死路一条。伊泽知道，虽然另一条路两边的房屋已经燃起了熊熊大火，但过了那里就有一条小溪，顺着小溪往上走个几百米就能到达一片麦田。因为没有一个人往那条路走，所以伊泽也有些下不定决心，但伊泽下意识一看，发现前方约一百五十米处有一个男人正在往烈火上泼水。说是往烈火上泼水，样子却毫无英勇可言，只是提着水桶而已，偶尔泼泼水，恍惚地站着，走着，动作蠢笨奇怪。苦于解释男人心理的一种痴傻的样子。伊泽想，总之有一个人还能站在那里，没被烧死，我就该试试运气。运气。没错，我唯一剩下的，就只有运气了。十字路上有条排水沟，伊泽把被子浸在了排水沟里。

伊泽跟女人搭着肩膀，披着被子，诀别了人群的河流。才冲着烈火狂舞的道路迈出一步，女人就发自本能地站住了，摇摇晃晃，踉踉跄跄，像是要被扯回到人流涌动的那个方向。“笨蛋！”伊泽用尽全力攥紧了女人的手，把女人跌跌撞撞地拉到路上，抱紧了女人的肩膀，把女人的身体埋到自己的怀里，轻声说道：“去那边只能送死。”

“死的时候，我们也要像这样两个人一起死。别怕。抱紧我。忘了火，忘了炸弹。我们两个人这辈子啊，一直都在走这条路。你只要死死盯着前方的路，抓紧我的肩膀就好。明白吧。”女人用力点了点头。

这头点得很稚拙，伊泽却感动得快要发疯了。天哪，在那几段无限漫长而恐怖的时光里，在日日夜夜的轰炸下，女人第一次表达出了自己的意愿，这是绝无仅有的回答。这份怜爱使得伊泽热血上涌。他现在抱紧的才是一个人，他为自己现在抱紧的这个人而感到无限的骄傲。两人奔跑着穿过烈火。等两人从一团团热浪下脱身而出时，虽然道路两侧还是一片燃烧着的火海，但房梁被烧塌后，火势就弱了，热浪也变小了。而且那里还有很多排水沟。伊泽用水把女人从肩到脚泼湿，再一次把被子浸在水里，重新披在身上。道路上散落着被烧焦的行李和被褥，死了两个人，看样子是四十岁左右的一对男女。

两人再次搭着肩膀，奔跑在火海中。他们终于来到了小溪边上。然而小溪两侧的工厂吐着熊熊烈焰，疯狂地燃烧着，两人在此处进也不是，退也不是。也不能就此止步，伊泽下意识望去，发现小溪中架着梯子，于是就让女人披上被子，爬下梯子，自己则一下子跳了下去。之前诀别的人们正三三两两地走在小溪中，女人时不时会出于本能把身体浸在水里。虽说即便是狗，在这种状况下也不得不这么干，伊泽却出于新鲜感而睁大眼睛，一个崭新的、可爱的女人诞生了，他贪婪地看着女人浸湿身体的样子。小溪从火海中流出，开始在黑暗的怀抱中流淌。虽然天空满是火光，不可能存在真的黑暗，但伊泽却因为能活着再次见到黑暗而感到没来由的疲惫和无止境的空虚，表现出一副精神涣散的样子。伊泽心底微微松了口气，但不知怎的，又觉得这一行为有些小家子气，有些荒唐。一切都变得荒唐了。往上游走去，是一片麦田。麦田三面山丘环绕，有三万多平方米，正中央是一条从山丘中穿过的国道。山丘上的住宅烧着了，麦田边上的澡堂、工厂、寺院还有一些不知是什么的建筑都烧着了，火焰有白、红、橙、蓝，颜色和浓淡各不相同。忽然吹起了风，风声咆哮，从整片天空滴下了细微如雾般的水滴。

人群还在国道上蜿蜒流动着。有几百人在麦田休息，跟国道上蜿蜒的人群一比，这点人数根本不值一提。走过麦田后，是一座长着杂木林的小山丘。山丘上的林子里几乎没有人。两人就在树林间把被子一铺，躺下了。从山丘往下望去，能看见下面田边有一户农家烧着了，几个人在泼水救火。房子背后有一口井，一个男人正在用泵吱吱呀呀汲水喝。忽然间，有二十来人，男女老少都有，从田地的四面八方冲着这口井就去了，他们拿泵吱吱呀呀汲水，轮流喝水，然后把手凑近快要烧塌的房子，围成一圈用火取暖，躲开崩塌下来的火球，把脸从浓烟处别开，聊着天。没有一个人去帮忙救火。

“我困了。”女人说道。什么我累啦，我脚疼，我眼睛也疼，每念叨的三句话中就有一句我想睡觉。“睡吧。”伊泽把女人包在被子里，点了支烟。不知吸到第几支烟时，远方传来了解除警戒的声音，几名巡警在田间走着，告知人们解除警戒的消息。他们的声音同样嘶哑，不像是人的声音。蒲田警察局辖区内的人奔走相告，说矢口国民学校还没烧干净，让大家都过去。人们从田垄上站起身，下到了国道上。国道上又涌起了人流。然而，伊泽没有动。巡警也来到了他的面前。

“这人怎么了，受伤了？”

“没有，累了，在睡觉。”

“你知道矢口国民学校吧？”

“嗯，我们休息一下就过去。”

“勇敢点儿！没什么大不了的！”

巡警没有再继续说下去了。巡警消失了踪影，杂木林里最后只剩下了两个人。虽说只剩下了两个人，但女人不过是一坨肉块而已。女人睡得很沉。所有的人现在都走在废墟的浓烟中。所有的人都失去了家园。大家都在走着，甚至没想到要睡觉。现在能睡着的，只有死人和这个女人。死人不会再苏醒，而这个女人不久后就会苏醒，随着苏醒，这坨沉睡的肉块上也不可能增添任何东西。虽然很轻，但女人发出了至今伊泽未曾听过的鼾声。这鼾声像是猪的叫声。这女人本身就是头猪，伊泽想。随后他下意识捡起了小时候细小的回忆碎片。一个孩子王命令十几个小孩追小猪崽，追上了，孩子王就用折叠刀切几块猪屁股的肉下来。猪既没有露出痛苦的表情，也没有发出特别的叫声，就像不知道自己的屁股肉被切掉了似的，只顾四处逃命。伊泽想着美军登陆了，重型炮弹声从四面八方响起，混凝土建造的大厦被炸飞，美军飞机从头顶俯冲下来，自己和女人在美军飞机的机枪扫射下，在尘土和崩塌的大厦和窟窿间连滚带爬地逃命。在坍塌的大厦背后，女人被一个男人摁着，男人把女人按倒在地上，沉浸在肉体的行为之中，同时吃着从女人屁股上撕扯下来的肉。女人屁股上的肉越来越少，但女人脑子里只有肉欲而已。

黎明将近，天开始冷了，尽管伊泽披着冬天的外套，也穿了毛衣，但还是难耐寒气。下方麦田周围仍是烈火燃就的荒原。伊泽想去那边取个暖，又怕女人醒来麻烦，就没能行动。不知为何，伊泽觉得难以忍受女人的苏醒。

伊泽也有想过趁着女人熟睡，把女人丢在这儿自己走掉。然而就连这一行为也变得麻烦了。人要丢掉东西，好比丢掉纸屑，内心都会有一些挣扎和洁癖。伊泽只是连丢掉这个女人的挣扎和洁癖都丧失掉了而已。伊泽对这个女人既没有一星半点的爱情，也没有不舍，然而就连要丢掉时的内心挣扎都没有。因为伊泽没有供他生存下去的对于明天的希望。到了明天，就算丢弃了女人的身影，又能有什么希望，希望又在何方呢？他要靠着什么活下去呢？哪里是他的住处呢？虽然地上有坑可以睡觉，可就连这个也说不准了。等到美军登陆，天崩地裂，想必这场战争巨大的破坏力就会裁决一切吧。到时候连思考的机会也都没有了。

伊泽想着等到天亮了就叫醒女人，看都不看火后废墟那边，总之先找个睡觉的地方，尽量向着远方的车站走。电车跟火车应该还没瘫痪。伊泽想着：等靠着车站附近枕木围成的围墙边休息时，天空就一定会放晴，那时阳光就会倾注到我跟我身边的猪身上吧。因为今天早上实在是太冷了。

都会中的孤岛

都会の中の孤島

とかいのなかのことう

倘若没有战争，必然不会发生像安纳塔汉岛[①]这样的悲剧。首先，这些人连见都不会见过彼此，想必会过完毫不相干的一辈子。

然而，倘若没有战争，像安纳塔汉岛这种性质的事件也未必就不会发生。

即便表面的环境氛围不像安纳塔汉岛这种深山里的工棚，围绕一个女人相互残杀的事例，也能常见于都会之中。

安纳塔汉岛没有法律也没有刑警，每个人的心理状态跟我们不同，比较开放，所以自然就会有所差别——这种看法也太过牵强了。

三十多个人在一起生活，自然就会产生法律，若要人不知，除非己莫为说的就是这么回事。再说了，对每个人生活圈子里的人数而言，三十个人的话就太多了，一般情况下，在二男抢一女时，我们不会感到背后有三十个人在看着，顶多也就几个人而

---

① 安纳塔汉岛女王事件，别名“安纳塔汉事件”“安纳塔汉岛事件”。“二战”期间安纳塔汉岛上有一群残留的日本人，这些人一直不相信日本已经投降，直到 1951 年才全部投降，岛上的 32 个男人和 1 个女人一起生活了 6 年。女人居于特殊地位，而男人为了女人相互残杀。——译者注

已，这在都会生活中都算不上什么稀奇事。

有许多人即使身处都会正中央，也像是生活在孤岛之中。他和她们会乘着电车和巴士去上班，去购物，但这只是去外面走一圈而已，不少人的个人生活过得完全就像住在孤岛上一样。

举个这类人群里的例子，我们就来说说这故事的女主角宫子吧。在她孤岛般的生活圈子里，人们都叫她宫子皇后。

她在东京某条繁华街道一角的酒馆当服务员，但从没看过什么报纸。她每天大概睡到正午才醒，正赶上第一版晚报差不多要出来的时候，早报自然就是旧报纸了。虽说她的生活在时间上跟报纸不合拍，不过她并非因为这个才不看报纸，只是单纯对报纸不感兴趣而已。

即便看了报纸，上面也不可能有关于自己的报道。对她而言，那些每天不按部就班看报纸就感觉不到自己活着的人才奇怪呢。

刚才我们也提到过，报纸上不可能有关于她的报道，不过对她而言，事实上可能还真不是这么回事儿。

原来如此，对上班族来说，“哎呀，一万日元起步”“冷战”之类的都是一些跟自己好像非常有关系又好像没有关系的报道。而直接关系到各自私人生活的这种报道，却一辈子也见不到几回。

不过对宫子而言，报纸上什么时候登出跟她有关的报道都不稀奇——比如说，她那些情夫的名字。

不管是慢性子阿弁，还是右平，谁都不会觉得他们是小角色。说他俩是黑市商人吧，花钱又大手大脚，穿着打扮又很差，因此大家认定右平多半是当小偷的，可能是个相当有名的通缉犯，不，十有八九就是。就连宫子自己也这么认为。

因此宫子从来没有因为当前社会上有什么著名的通缉犯而动过看报纸的想法。

换句话说，右平是小偷还是杀人犯都没关系，宫子不关心这个。他在人们眼里是什么人都不要紧。慢性子阿弁和右平在哪儿上班，住哪儿，就连本名她都不知道。这就是她在东京正中央的日常生活。

除此之外，慢性子阿弁和右平都很热烈地向她求婚，她对他们的回答都一样："要是没有那个人的话……"也就是说，虽然她说不出"要是有一方死了"这种话，但是"有一方不在"这一事实必须成立，总之几乎就只能得出一个结论：杀了对方就能娶到她。于是两个人彼此也就都理所当然地开始思考这件事。

不管是在都会中，还是在农村里，到处都有这种孤岛。于是，这里也就不奇不怪地发生了跟安纳塔汉岛一样的事情。

☆ ☆ ☆

慢性子阿弁已经四十一岁了。虽然他一直都比较老实，把公司和家里的情况对宫子和孤岛的常客全盘托出，但谁都不相信他。而且，大家不相信他，不是因为他人品有什么问题，而是因为其他人心里都明白，不会在这种地方谈自己的真实经历。也就是说，其他人当然也包括宫子，一直以来既没有跟任何人谈论过自己的真实经历，同时也深信大家都跟自己一样。

慢性子阿弁在公司里也一样被叫作慢性子阿弁。不，应该说他在公司因为讲了自己的真实经历而博得了人们的信任，但在这家酒馆，大家只采用了他“慢性子阿弁”这个绰号而已。

战争爆发前，他就一直在那家运输公司当司机，在蓝领里他也是资格最老的领导。这里的蓝领除了公司的固定收入，出差还有补贴，别看他这个上司穿得跟黑市商人似的，他比黑市商人可有钱多了。因此也就没人相信他所说的经历。

他穿衣不只不讲究，甚至还有些邋遢，因为他老婆在三年前死了。长女初中毕业后就开始打理家务，再加上下面还有三个弟弟妹妹，所以这年纪轻轻的免费保姆无暇顾及父亲的日常生活。认识宫子以后，慢性子阿弁的生活就来了个一百八十度大转弯，不仅经常不在家，还只给孩子们一点点刚够活下去的生活费。因此他跟长女间的关系也就带了少许冷战气息。

以上这些事实他都在富士之家[①] 跟人们全盘托出了，然而没有人相信他。

即便是慢性子阿弁，也知道在富士之家这种氛围的地方不应该把本性展现给众人。然而他一想到跟宫子结婚，就积极地把真实情况全盘托出了。因为阿弁觉得，女人这种东西肯定更想嫁给会对他人展露本性的男人，而不是小偷杀人犯这种来历不明的男人。

然而，有些女人并不关心男人本性如何。不久慢性子阿弁也明白了，宫子就是这种女人。宫子跟慢性子阿弁上床不是为了结婚，而是为了钱。宫子不会搭理没有钱的男人。

---

① 酒馆的名字。

当眼前有好几个情夫的时候，就凭当天身上钱财的多少来决定晚上跟谁当一夜的恋人，这已经是司空见惯的事。当然，宫子不可能让大家大张旗鼓把钱掏出来比一比，就凭直觉估计一下对方身上有多少钱，然后低声说一句：

“你今晚回去吧。”

到头来跟大张旗鼓地比谁钱多没什么两样，不过凭借她的本事，就自然而然地形成了这么一个情夫们不得不服从的惯例。有些时候大家甚至会把熟客赶走，让新人当晚留下。这个新人也就那一夜能扬扬得意，觉得自己“帅压群芳”，等到下次明白了情况，基本就不会再出现了。

当然也有两男争一女的情况。然而要是这么明摆着用金钱来买卖孤岛女王，就跟公娼没两样了。事实上对那些熟客来说，公娼那种一日接多客的行为也时常波澜不惊地进行着。

有些男人明明知道对方是这种女人，却还是不忘初衷，想娶她进门，这类例子并不少见。爱情就是这么一回事。倒不如说，这种爱情才认真。起码，慢性子阿弁是认真的。

许许多多情夫来了又走，留到最后没有变心的就是慢性子阿弁和右平了。他自称右平，但多半不是本名。他喝醉了，就会故意喊一声：“嘿！”然后他就双手撑在桌子上低头行礼。从他这嘶哑的嗓音和做派来看，可以嗅到他原来做过摊贩之类的职业。然而现在他好像不干那一行了，干的是什么也搞不清。

不过，右平花钱可真是非常阔气，因此大家都说他八成应该是小偷。

这家店的所有常客都跟宫子发生过关系。有些常客在放纵一夜后就宣告结束了，而后来时不时又眷恋那一夜，最后就选择了这种较为轻松的方式。有些人知道“这姐姐没钱可搞不定”，就自然而然放弃了，在这些稍许冷静的男人看来，慢性子阿弁和右平这种缺乏冷静的对立关系早晚会激化到必须杀死另一方才能收场的地步。也就是说，旁人都能看出这两人想要独占宫子的强烈意欲。

在这些稍许冷静的常客里，也有人想到了一点——除了他俩以外，宫子皇后或许还有一个真正的情夫。

宫子皇后只不过是这家店的服务员。店主是一对遣返夫妻①，没做过这行。这对夫妻似乎不仅对这行没有好感，甚至还有些嫌恶，然而为了吃饭不得不把店开下去。另外，店主夫妻似乎也完全不招呼客人，把店里的事情都甩给宫子来做。

宫子住在店里，若无其事地把客人拉到自己的房间里留宿。不过，宫子经常过了中午就出门，有些常客来得早，自然而然就注意到了这一点。

“宫子皇后有情夫吧？”

即使这么问店主夫妻，他们也会回答道：

“我们哪里知道呀，那孩子的私事儿。”

从回答中就能感觉到，他们不光不满宫子的私生活，还对其私生活的所有对象——客人们怀有敌意。

这对夫妻极度避免胡乱在敌人面前露脸，生怕要陪着闲聊那

---

① 这里特指日本在第二次世界大战战败后，从各殖民地被遣返回国的日本人。——译者注

么一句，两人似乎只想着专门在背地里挑唆宫子，冷酷无情地从敌人那儿把钱卷走。

只有慢性子阿弁能在这对夫妻这里得到几分“人的待遇”。

因为慢性子阿弁每逢休假（非周日），大白天就会来这家店里玩，这会儿基本是宫子出门的时候，自然就总有机会跟店主夫妻说上话，或者也可以说店主夫妻对他有几分好感。

当然了，慢性子阿弁并没有得到过店主夫妻好友般的礼遇，也没有赢得他们的信任。看上去只不过要比仇人、强盗、杀人犯高那么一级。

因此，慢性子阿弁就比其他常客更了解深层的真相。

虽然大家都叫他慢性子阿弁，可你要是跟大家一样把他当成慢性子，就上了他的当了。他并没什么机灵之处，所以像他这种人才容易被大家看作傻瓜。

好比他当年当兵的时候，有个机灵人物的配给品被人偷了，那人为了补缺，就看上了慢性子阿弁那份，也就是说，大家都认定慢性子阿弁是一个可悲的存在，他注定是那些机灵人士的牺牲品。

然而，事实上慢性子阿弁鲜少成为别人的牺牲品。因为他自身有一种强烈的本能：他明白自己生来就容易遭遇这种状况，所以自然就会去努力防止这种事情发生，这种战战兢兢的本能让他看上去更像个慢性子了，但因为这种本能和谨慎，他基本没有吃过亏，即使吃了亏，他也会趁没人察觉的时候补上缺，表现出一副若无其事的表情，这是他的天分。谁都不知道他有这种天分，因为大家都认定他是个慢性子，不可能办到这种事。大家很容易认为他是慢性子，而他甚至还具备了利用这一心理的本能。

这种本能看上去跟变色龙的变色本能一样朴素，然而对人类而言，其实可能是一种非常高级的才能。

他真心迷恋宫子，真的渴望跟她结婚，掩盖在他慢性子面纱下的才能开始无人知晓地发光发热了。

于是就连宫子真正的情夫是谁，他都第一个查明白了。

☆ ☆ ☆

大约半年以前，有一个经常来这家店吃关东煮的兼职学生。他不喝酒，只吃关东煮，所以不久留，也不跟常客来往。他连得到宫子的钱都没有，所以谁都没把他当回事，然而这个叫中井的学生却是宫子的真正情夫。

慢性子阿弁通过种种状况判断和实地侦察，查到了宫子白天去的是中井的公寓，当时他立刻下意识察觉到：这个人才是我的真正强敌。

因为中井是兼职学生，不可能有钱。宫子会搭理没有钱的男人，就说明情况有别于其他男人，也就是所谓真正的谈情说爱。

慢性子阿弁很早以前就怀疑宫子的钱都去哪儿了，富士之家的店主夫妻是这么说的：

“宫子不需要交餐费，也不用缴税，再加上几乎天天晚上都出卖身体，不知道揣着多少钱哟。”

和服跟手提包之类的基本都是男人买给宫子的。主要是右平买的，而慢性子阿弁也不服输，每个月总会给宫子买一两次穿的用的。然而，慢性子阿弁做不到右平像小偷那样的大手大脚。于是光凭右平和慢性子阿弁买的那些东西，宫子就不缺衣服穿了，事实上宫子基本也没有用自己的钱买过什么东西。

宫子连衣柜都没有。而且每逢换季，男人们给她买的那些和服都会不知不觉就不见了，宫子在阁楼的睡房里除了常年摊开的被褥以外什么都看不到。

宫子是个睡觉很熟的女人，熟到能失去意识。这也就间接证明了她房里没有什么东西怕偷。

“也许她其实住在别处？”慢性子阿弁首先想到。

不然的话，就说不通了。所有的东西都去哪儿了呢？慢性子阿弁想，背后应该有个人捏着她的存折。

因为早就存有这种疑惑，所以慢性子阿弁怀着异样的执念，为查清宫子白天的去处而展开了行动。于是，当他查到那去处就是中井的公寓时，他一下子理解了——中井才是宫子真正的情夫。

于是他感觉到了恐惧。

☆　　　☆　　　☆

每次慢性子阿弁恳求宫子嫁给他时，宫子都会说：

“是呀，你是个靠得住的人，我也想跟你结婚，可是右平跟你一样积极啊。如果我跟你在一起，我们两个多半都会被右平杀了的。哪怕是现在，他好像都觉得你很碍事，想杀了你独占我呢。”

她这么说道，接着，又补了一句。

“要是那个右平不在，我就能跟你在一起了。”

然后又哀哀地做叹气状。

在知道中井这个人之前，这句话在慢性子阿弁听来是真的很舍不得，很悲伤，很痛苦。然而，知道中井这个人以后，慢性子阿弁才觉得这句话简直是在耍人玩。

宫子之前强调说，不能结婚是因为右平多半会杀了两人，即使不这样，右平也一直打算让慢性子阿弁消失。接着宫子就会叹气，非常伤感地说："如果要是右平不在，我就能跟你在一起了。"这么看来，恐怕右平每次求婚，宫子也用了同样一套话来回答他。

这样一来，右平在脑海里形成"慢性子阿弁是结婚的绊脚石，要除掉他"这个想法以前，这个想法肯定早已在宫子的脑海里形成了。

"对宫子来说，我跟右平都是绊脚石。所以她想让我们两块绊脚石互相残杀，一个被杀，另一个变成杀人犯消失掉。因为中井马上就要从学校毕业了，我们这两个男的已经没用了。"

这样一来一切都水落石出了，慢性子阿弁想到。接着，慢性子阿弁切身感受到了之前未曾真切感受到的危机——宫子说的话非常重要，右平正在找机会杀他。

因为慢性子阿弁被迫理解到了一点：这不是右平的想法，而是宫子的想法。也就是说，这想法比右平自发形成的想法远远有着更强劲的执行力。

"宫子肯定会让右平杀了我，然后右平就成了杀人犯。"

这比慢性子阿弁杀死右平的可能性大得多。右平本来就是一个能被大家想成小偷、杀人犯的家伙，力气很大，也有很多打架的经验。这么想来肯定还有前科，说不定身上还背着案子。估计右平再犯事的话，这牢就得坐很久了。

之前我们已经说过，这家店是都会中的孤岛，尤其是从这里的居民和常客的心理层面来讲，更是如此。

他跟宫子都不知道什么拉斯科里尼夫[①]心理、斯塔夫罗金[②]心理，甚至连现代小说的心理、现代推理小说都不知道。他们只知道高桥御传[③]呀、村井长庵[④]呀、妲己之御百[⑤]等人的经历和行为，这就是实际上从内部或外部推动他们的动力。

危机迫在眉睫，慢性子阿弁为了保护自己，开始认真奋斗了。

当时抢劫汽车的案件多如牛毛，慢性子阿弁公司的司机们就请了位老师来教他们防身术。因为老师精通十手[⑥]，司机们就开始练习手拿螺丝扳手战斗了。慢性子阿弁第一个报名参加了这门课程。

虽然大家都说："你开的是卡车，不要紧的。"

但慢性子阿弁还是回道："不，就算我开的是卡车，谁也说不好会碰到什么事，预约专车一旦加强警戒了，下次被盯上的就是卡车了。"

慢性子阿弁练得比谁都认真。

然而，慢性子阿弁还是没有抛弃他的初衷——跟宫子结婚，

---

① 俄国小说家陀思妥耶夫斯基的著作《罪与罚》中的主人公。——译者注
② 俄国小说家陀思妥耶夫斯基的著作《群魔》中的人物。——译者注
③ 日本最后一个被处以斩首的女囚。——译者注
④ 歌舞伎、讲谈中的人物，是个非常邪恶残酷的流氓医师。——译者注
⑤ 江户时代的小说、讲谈、歌舞伎中的毒妇。——译者注
⑥ 一种来自日本的武器兼捕具，也写作"实手"，外形为带钩的短棒，棒身多以30厘米到1米左右的钢、黄铜、锻银等金属或日本栗等坚硬木料所制造。也有文献表明十手原是中国的"铁尺"，是江户时期传到日本的，但日本在室町时代中期就出现了使用十手的武术。——译者注

倒不如说，慢性子阿弁越发认真了。于是，为了遭遇袭击时能反过来打倒右平，再击退中井的攻击，独占宫子成为笑到最后的男人，慢性子阿弁一直在奋力练习扳手战法。

某天晚上，慢性子阿弁成了宫子那一夜的恋人。

宫子当时正在阁楼的睡房里伺候慢性子阿弁更衣，却从大衣内侧的口袋里发现了一只扳手。

宫子拿着扳手看了一会儿，眼睛渐渐亮了，然后，她说道：

“你是想对付楼底下的老板夫妇吧。”

“傻瓜，我可不是那些成天想着对付别人的愚连队[1]。最近不太平，我就在身上带个扳手，以防万一。”

“噢，我也一直在想这事儿呢，我怀疑有人想对付楼底下的老板夫妇。反正这儿的常客都不是什么小角色。第一，下面的俩人太小气啦。他们打算不赊账就把这个生意干到底，而且，还真的一直在干着这生意，都是他们逼着我干的。所以我也没办法，只能给那些讨厌的客人提供一些奇怪的服务，他们能压榨多少就压榨多少，小气得要死，被盯上也是正常的。要没人想对付他们，那才叫奇怪呢。不过，我没想到你会是第一个想对付他们的，真是人不可貌相呀。”

“少来这套，我可是在正经公司工作的人，每个月有不少于五万日元的正当收入。战争结束以后，虽说小点吧，我还盖了一套自己的房子呢。我这不是说大话啊，我跟那些常来这里喝酒的

---

① 指第二次世界大战后，全不理会既存道德观念、任由本能驱使地使用暴力、进行满足自己欲求的活动的日本不良青少年族群。——译者注

人可不是一路货色。我带着扳手，是防着右平那家伙突然袭击我。”

“你行行好吧，不要杀楼底下的人呀。他们是很讨厌，但是我毕竟跟他们住在一起，在这儿工作嘛。我不想看见他们躺在一片血海里，跟烂鱼一样瞪着大眼。我可不想看见他们被打死呀。哎呀，想到就哆嗦。”

“喂，别说这么可怕的话。”

“因为我很害怕嘛。男人都好可怕。不知道因为什么事就突然下狠手。要是因为缺钱下手也没什么，可毕竟还是见过几次面的人嘛。就算他们再怎么讨厌，再怎么控制我，也是睡在我楼底下的人嘛。我害怕啊。被一声悲鸣吵醒，我会受不了的。哎呀，真可怕。”

然而，在这之后，慢性子阿弁也时刻带着扳手。

于是宫子就在许多常客来喝酒的时候一边笑，一边肆无忌惮地说：

“这人带着扳手呢。从来不离身的。”

慢性子阿弁则害羞地红着脸回答道：

“我是司机，得防着强盗抢劫车子，这工作天天提心吊胆的，不好干呀。”

但是慢性子阿弁并没有漏过——右平的脸色变了。宫子别过笑脸，似乎很满足。

“为什么要跟大家提这个？”

慢性子阿弁事后责备宫子道。

“因为我很担心嘛。因为你想对付楼底下那对夫妻，我很害怕。我先把话说在人前，你也就不能轻易拿扳手打死楼底下那对夫妻了。求求你积点德吧，这件事就别干啦。我也不想良心受到谴责。”

宫子绷着苍白的脸，仿佛再也无法忍受似的，气势汹汹地说道。

☆　☆　☆

那以后过去了将近一个月。

宫子那一夜的恋人是慢性子阿弁。当天晚上几乎没什么客人，为了给店里贡献一定的营业额，慢性子阿弁就被宫子灌了很多酒，喝过头了。不只当天晚上，生意萧条的时候，倒霉的客人就得被迫背上其他客人那份钱，这是这家店的商业惯例。

黎明时分，慢性子阿弁醒了，嗓子干得跟火烧一样。

他自然想到昨晚喝多了，他喝得基本不省人事。客人非常少，慢性子阿弁就喝了一堆酒，十一点左右酒馆就关门了，慢性子阿弁上了阁楼。接着，慢性子阿弁想起当时好像有人来了。

因为已经打烊了，楼下的老太太就出去拒客，然而下面好像起了什么纠纷，宫子就站了起来。

“我去看看情况。”

“是右平吧。”

“应该不是吧。”

“告诉他打烊了。”

“嗯，我会告诉他的。”

宫子从阁楼下去了。不久下面一片寂静，宫子回来了。

看来不是右平啊，慢性子阿弁想。要是右平的话，就算已经打烊了，他也能包下整家店喝酒，因为他一向出手阔绰。他们就算把留宿的客人晾在阁楼，也会伺候右平喝酒，这是很平常的事。右平喝酒这段时间，阁楼的客人就会被晾在一边。慢性子阿弁就曾经遭受过这种待遇，心里很不爽，于是自己也曾经故意过了打烊的时间再来，硬要留在这里喝酒，借此来发泄心中的郁愤。

因此，像昨晚这种生意萧条的时候，楼下的两口子首先就不会啰啰唆唆。他们肯定会让右平进来店里，叫上宫子给他倒酒。所以那人应该不是右平。慢性子阿弁一点点想起了这码事。

慢性子阿弁嗓子干得跟火烧似的，就决定去楼下找点水喝。平时大家借助普通的梯子上下阁楼，所以不留神的话会很危险。

慢性子阿弁小心翼翼，一步步下到了一楼。落脚处刚好是厨房，那对夫妻的房间在另一边，中间隔了一扇拉门。这时正值寒冬，这对夫妻就算盛夏也会忍着拉上拉门，现在这扇拉门却开着。

真奇怪，慢性子阿弁想。不知怎的，他觉得一切都不对劲，不对劲……慢性子阿弁一下子摆出以前练就的防御架势，不巧扳手却不在身边，架势摆得不怎么样，状态也不好，搞得他十分在意。

接下来，发生了一件非常不可思议的事。他脚边就放着一只扳手。

扳手这东西，不管是谁的，看起来当然都一个样，这东西也没有什么特征，让人一眼看上去就能认出来“这是我的扳手”。这事情太不可思议了，把慢性子阿弁吓了一跳，他急忙把扳手捡了起来。

手上有什么黏糊糊的东西。是油吧，他想。仔细一看是血，扳手上都是血。

慢性子阿弁隔着拉门，往对面伸手不见五指的黑暗中看去，情况不对劲。一两只脚挨在一起。往屋里看去，里面是一片混乱。慢性子阿弁索性进到屋里查看，一看之下，发现夫妻二人像烂鱼一样瞪着大眼，死在了一片血海之中。

☆　☆　☆

慢性子阿弁在警局的牢房里，像做梦一样回忆起后来发生的事。

一切都那么绝望。早知如此，他当时就该马上告诉警察。要不就好歹先把宫子叫起来，一起商量以后该怎么办，商量完之后才行动。

当时，慢性子阿弁天生的自卫本能自然而然地指引了他自己的行动。这本能用来在兵营里偷偷补充被偷的配给品是有用的，而用来处理这种大事，就满是纰漏了。

慢性子阿弁爬上阁楼，翻了翻自己大衣的口袋。自己的扳手不见了。衣服的口袋里没有，整个房间都找遍了也没有。扳手消失了。

“这么说，这是我的扳手了！”

慢性子阿弁脚下一软，倒在了地上。他虽然丧失了冷静，但天生变色龙般的自卫本能独自发挥了作用。于是他跟平时那样，自然而然地被本能牵着走了。

他穿上衣服，披上大衣，看看四周有没有落下的东西，下了阁楼，把扳手藏在怀里，轻手轻脚出了门。

他出门是为了悄悄把扳手处理掉。于是他成功把扳手投进了河里。然而，这就使他筋疲力尽了。他实在是没办法再回到阁楼上，装出一无所知的样子睡大觉，于是他开始四处游荡，走到哪儿算哪儿。

第二天他回了家。警官早就埋伏好了，他被当场抓获。

不管他再怎么据理力争都没用。因为他力争的那些“事实”看上去假得不能再假了。

就一切情况而言，他杀人逃逸的说法比他的借口要贴切几百倍。不仅如此，他丢掉的扳手还出现在了供述现场。扳手会出现是理所当然的，但这扳手成为他杀人的证据要比成为他没杀人的证据概率高上几百倍。

在这种情况下，就算决定他是犯人，也没人会怀疑这是误判。假使现场除了慢性子阿弁那沾满鲜血的指纹以外，还出现了其他指纹的话，这一事实也就能成为积极否定他罪行的有力证据。然而现场并没有出现类似的东西。

不止如此，现场所有脚印都是慢性子阿弁的鞋留下的。也就是说，犯人穿着慢性子阿弁的鞋杀了人。少数光着脚的脚印也是慢性子阿弁的。这些是慢性子阿弁发现现场时留下的脚印。两种脚印都是慢性子阿弁的，再怎么挣扎也没用了。

不可思议的是，慢性子阿弁的衣服没有染上血，然而从现场的情况来看，衣服上应该溅了不少血。然而他的衣服、外套，还有在阁楼里脱下的浴衣上都没有曾经溅过血的痕迹。

在寒冬里全裸杀人的事例实属罕见。用冰水把溅满鲜血的身体洗干净也是非常困难的工作。但是，跟杀人比起来，在寒冬里洗洗冷水根本不算什么。如今不也有人为了寒冬参拜[①] 在严冬的深夜里洗冷水澡吗。

他一审被判了死刑。

☆　　☆　　☆

当时，赤线区[②] 某处新来了一个叫千代子的女人。

她以几分风韵和美貌招揽了相当多的客人，却笑眯眯地跟人们这么说道：

“我在这种地方工作，是为了暂时隐藏身份。我被人盯上了。”

“是你前夫吧。”

“算是吧。”

“那，这事儿不就没完没了了吗，你打算藏一辈子？”

“等到某人被判死刑吧。我不太清楚，好像是这么回事。”

“你老公在监狱里？”

“我不知道。”

两人漫无边际地聊着。

没过多久，有个小白脸跟这女人混熟了。这小哥不但长得帅气英俊，力气也很大，在这片地区很有威慑力。

不久这女人就把一切都跟这小白脸说了。因为这女人觉得可

---

① 在冬季最严寒的 30 天里每天去寺庙里参拜祈愿。——译者注

② 日本 1958 年 3 月之前公认的卖春地区。在警方的地图上该地域用红线表示，因此称“赤线”。非公认的卖春地区俗称“青线”（即蓝线）。——译者注

以嫁给他。这女人就是宫子。

“这么说，犯人是中井？”

“对呀。当时都关店了还有醉汉闯进来闹事，我就下去了。那人不是醉汉，是中井。他说想留在这儿住一夜，我的屋子又不能给他住，我就让他在店里睡到天亮，然后没管他就爬上二楼了。我觉得很害怕，就赶紧撤了梯子，让他没法儿上阁楼。不出所料，中井杀了楼下那对夫妻，把钱偷走了。”

“你没跟警察说吗？”

“因为中井不让我说嘛。我好歹也给中井做了很多我能做的事。如今我对他也没什么喜欢不喜欢的了。虽说我没必要护着他，不过嘛，犯人是谁不都一样吗？”

“可这是死刑啊！”

“反正都死人了，谁被判死刑都没办法让人活过来呀。”

“喊！净说大话，你不也是共犯吗？”

“别说得这么难听嘛。”

“你说什么呀。那，慢性子阿弁的扳手怎么会握在中井手里？嗯？喂，不觉得很奇怪吗？得有人把扳手给他，才会发生这种事吧。”

“那个是这样啦。慢性子阿弁喝到记不得事了，把扳手拿出来摆弄，我就抢走了他的扳手，搁在店里的桌子下面。我把这事儿给忘了。我没想到中井会过来，拿扳手杀了人。”

“中井现在如何？”

“我哪知道，那家伙忘恩负义。是我帮他从学校毕业的呢，我把我的东西都卖了给他，还当他女朋友。不过，回头想想，我并没有迷上中井呢。”

“你把你的宝贝都给他了，肯定是迷上他了。”

“才不是。我当时只是想试试这么干而已。我呀，不在乎的。今后也是，只要我想，这种事，干多少次都行。我呀，没想过要报复中井那种人。”

“你不想救慢性子阿弁吗？”

“不想呢。话说，这世上不用那么认真的。要是什么都一板一眼，就该受不了啦。我呀，之前也隐隐约约想着，谁杀了楼下那对夫妻都无所谓。其实谁杀了谁都没关系。都是生意嘛。有杀人的生意，也有抓杀人犯的生意，如果是你抓错了人，不也只是换了个男人代替吗？要是按你这么说，啪啪[①] 这生意哪还能做得下去呀。战争也是这么回事。因为大家都敷衍了事，所以社会才会这么圆满呀。喂，你要是觉得慢性子阿弁不该是犯人的话，你就不要来啪啪店玩了。”

“我错啦。”

“哈哈哈。”

两人的对话在此基本告一段落了。想必慢性子阿弁早晚会被处死吧。

---

① 日本在“二战”后处于混乱期时，在街头私自卖淫的私娼，主要面向在日的美军将领。“啪啪”一词有多种说法，一说是招妓时需“啪啪”拍手，故名为“啪啪”。——译者注

堕落论

堕落論

だらくろん

才半年世道就变了。“鄙人愿以身作盾，为天皇出征抗敌。奋不顾身，为天皇而死。”年少的生命随花散落，幸存下来的就成了黑市商人。“不愿长命百岁，愿同你立下誓言，他日以身作盾为天皇赴死。”用坚强的心境送别男人的女人们才半年就已经习惯了每日像例行公事一般叩拜夫君的牌位。不久后，一个新的面容就会住进她们心里。不是人变了，人本来就是这种生物，变的只是世道的皮相而已。

过去，幕府没有留四十七义士[①]活命而非要判其死刑的原因之一据说是因为瞎操心，担心他们活下去会苟活于世，不能让人污了他们难得的美名。现代法律不讲这种人情。然而人的心态中多半会残留这种倾向，人们有种普遍心态，就是让美好的事物唯美地告终。十几年前大矶某处还有一对想一辈子以处男处女的身份相爱而殉情的学生和少女，世人很同情他们，我自己也一样。

---

① 指赤穗义士事件中的四十七义士。江户时期播磨赤穗藩藩主浅野内匠头砍伤主管仪式典礼的“高家”的吉良上野介，于是被判切腹。四十七义士为主子浅野复仇而杀进吉良府，后被判切腹。——译者注

几年前，跟我非常亲密的一个侄女在她二十一岁那年自杀了。当时我替她庆幸能趁着还美丽的时候死去。因为她表面看上去是个清秀的女孩子，有些时候却让我觉得不安，感觉她有可能会崩坏，一头栽到地狱里去，我感觉无法直视她那样的一生。

这场战争期间，始终不允许文人写寡妇的爱情。多半是那帮军人政治家想让兵士遗孀下半辈子侍奉神明，不让文人挑逗她们，害她们堕落。军人们对恶行有着敏锐的理解力，他们不是不知道女人善变，而是太知道这一点了，所以才想出了这种禁令。

自古人们都说日本的武人不懂妇女的心思，然而这看法过于浅显，他们想出的武士道这种极为刚硬的法则是一道用来防御人类弱点的壁垒，而这也是这种法则最大的意义。

都说武士为了报仇，即使用尽一切手段哪怕去要饭都会追寻敌人的踪迹，然而真有这种忠臣孝子，能怀着复仇的满腔热情把敌人追逼到走投无路吗？他们只知道报仇这条规矩，以及这条规矩所规定的名誉，日本国民自古就最不会去憎恶别人，即便憎恶也不会持久，他们很乐观，真心认为昨天的敌人是今天的朋友。与昨天的敌人妥协或是肝胆相照都是常有的事。因为是敌人，才能更肝胆相照，他们会突然想要一臣事二君，就连昨天的敌人他们都能侍奉。要是没有“不能生而受阶下囚之辱”这种规定，根本就别想驱使日本人上战场。因此我们虽然服从协议，但我们的真实想法却跟协议正相反。比起武士道战史，日本战史更像是权谋计策的战史，与其等待历史来证明，不如面对自身的真实想法，这样更能了解历史的机制。就像如今军人政治家禁止文人提笔书写寡妇的爱情一样，古代的武人也需要通过武士道来了解自己和部下们的弱点。

小林秀雄把政治家这类人称为一种没有独创能力，只会管理和支配别人的人种，不过这种描述好像并不完全正确。虽然大多数政治家基本都是如此，但少数的天才则有着自己独特的管理和支配方法，这些方法成了平庸政治家的典范，以一种历史的形式贯穿了各个时代，各种政治，显示了生者巨大的意志。就政治而言，历史不是由个体串联构造的生物，它生来就是吞没个体的另一种巨大生物，而政治也一直在历史的形态方面进行着巨大的独自创新。发起这场战争的是谁，是东条[①] 还是军部？肯定是跟他们脱不了干系，但这场战争肯定还跟贯穿日本的巨大生物——历史的无法动摇的意志。日本人在历史面前只不过是服从命运的孩子。就算政治家独创能力弱，政治在历史的形态中怀着独创能力，怀着意欲，迈着无法停止的步伐像大海波涛般前行。是怎样的人想出了武士道？这也是历史的独创，或是嗅觉？历史总是能嗅出人类。因此，武士道虽然是针对人性和本能的禁止条款，是不人道、违背人性的东西，但它又是一种洞悉了人性和本能后的结果，就这点来说，它又完完全全是人道的东西。

我认为天皇制是极为日式的（因此也可以说是独创性的）政治作品。天皇制不是天皇创立的。虽然天皇有时也会自己发

---

① 指东条英机，“二战”甲级战犯。生于东京，日本陆军军人，是日本军国主义的代表人物。——译者注

动一些阴谋，但他们一般来说什么都干不了，这些阴谋通常都会失败。天皇自己或是遭到流放，或是逃到深山里，最终其存在往往会因政治性而得到认可。这些阴谋在社会层面被人遗忘时，就会在政治层面上被抬出来，因此其存在的政治原因就是政治家们的嗅觉。他们洞悉日本人的性情，从日本人的性情之中发现了天皇制。这种制度不是天皇一族专属，如果能够取而代之的话，换成孔子、释迦都没关系，只是当时没能找到替代的而已。

至少日本的政治家们——贵族和武士——都嗅到了一点：要想自己永远兴隆——虽说不可能永远，但他们是这么希望的——下去，就得立一个专制君主来保证自己的这份永远。平安时代的藤原氏[①] 虽然非常自作主张地拥立天皇，却对自己地位在天皇之下这一事实不抱任何疑问，也没有认为是种困扰。通过天皇的存在来处理御家骚动[②]，弟弟驳倒哥哥，哥哥打败爸爸。他们天生就是实际主义者，只要自己这辈子过得高兴就够了，所以才会喜欢并满足于制定盛大的朝廷礼仪、拜贺天皇这类奇妙的形式，因为参拜天皇既显示了他们自身的威严，又是一种能让他们自己感到威严的手段。

对我们来说，这些东西其实很蠢。电车每次从靖国神社下面拐过，我们都要被迫低头，这愚蠢的行为虽然让我们很无语，但对于某类人来说，或许只有这么做才能让他们感觉到自我。因

---

① 指藤原基经。884年，基经以天皇暴虐为由，废阳成天皇，改立光孝天皇。——译者注

② 日本江户时代的大名家因家督继承、争夺权力等而引起的内部纷争。——译者注

此，我们虽然嘲笑向靖国神社低头这种愚蠢的行为，但在别的事情上，我们自己或许也正在干着同样愚蠢的事，只是我们没有注意到自身的愚蠢而已。宫本武藏在赶往一乘寺下松决斗途中，从八幡神社前路过，本来想参拜[1]却又放弃了。他的教诲——“吾不仰仗神佛”源于他自身的性情，也是针对自身性情而发的一句悔恨之言，也就是说，我们会自发参拜十分愚蠢的事物，只是没有意识到该事物有多么愚蠢而已。道学先生暂且站在讲台前给学生们传道授业，但他们多半也会从这件事中体会到自身的威严和自己本身的存在感。于是不管在什么情况下，我们都在干着大同小异的事。

像日本人这种把权谋计策当回事的国民，不管是为了权谋计策，还是为了大义名分，他们都需要一个天皇。就算不是每个政治家都觉得有这个必要，他们也会基于历史的嗅觉觉察到这是必要的，而很少会去怀疑自身所在的现实。秀吉[2]在天皇行幸聚乐[3]时，自己因为盛大的仪式而潸然泪下。这次行幸使他体会到了自身的威严，同时看到了宇宙之神。这里说的是秀吉，不是其他政治家，然而哪怕把权谋计策比作恶魔的手段，那么恶魔像幼儿一样参拜神明也没什么不可思议的，因为什么样的矛盾都可能存在。

总之天皇制和武士道是一路货色。因为女人心易变，所以

---

① 宫本武藏向来容易依赖神佛。——译者注

② 指丰臣秀吉。——译者注

③ 聚乐第的略称，丰臣秀吉在京都建造的宅邸。天正十五年（1587 年）落成。落成后第二年，后阳成天皇曾行幸此处，秀吉的地位得以在众大名面前彰显。——译者注

才有“贞女不更二夫”这句话。禁止本身是不人道地、违背人性的，然而在东西真理这方面又是人道的。同样，天皇制本身不是真理，也不是自然形成的，然而如今能走到天皇制这一步，我们也无法轻易否定其历史性发现和洞悉中所包含的深刻含义，光靠表面上的真理和自然法则是说不清楚的。

希望美好的事物唯美地告终是人之常情。就拿我侄女来说，我或许也希望她没有自杀，努力活下去，然后坠入地狱，在黑暗的旷野中游荡吧。如今我逼自己走了一条文学之路，这条路虽是一条漫步在旷野上的流浪之路，但我也不能因为这样就消去我那小小的希望——希望美好的事物唯美地告终。未完成的美不是美。或许在遍历过应当堕入的地狱后，沦落本身才可能成为一种美，这时候我们才有可能将其称为美，然而因为如此，我们就得故意透过眼前二十岁的姑娘去看以后那个六十岁的丑老太婆吗？我不知道，我喜欢二十岁的美女。

虽说死了就太没意思了，可真是这么回事吗？有人认为，日本战败，到头来可怜的是那些战死的英灵们，我却不能坦率地承认这一想法。然而一想到年过六十的将军们还贪生怕死被牵上法庭，我就完全不明白什么才是人生的魅力；我自己也不得不想象，如果我是一个六十岁的将军，那么我可能也会贪生怕死被牵上法庭。因此我对“生”这种奇怪的力量只有茫然。我喜欢二十岁的美女，老将军也喜欢二十岁的美女吗？于是那些战死的英灵之所以可怜，也是从喜欢二十岁的美女这层意思来说才可怜的吗？要是尊崇美的信念这样明确的话，我也就能放心了，甚至也就可能怀抱信念，一心追逐二十岁的美女了。然而“生”是比我们想象中还难以捉摸的东西。

我非常讨厌看见血，原来汽车在我眼前相撞的时候，我都会迅速扭头拔腿就跑。然而我喜欢伟大的破坏。我曾一边跟轰炸弹和燃烧弹战斗，一边为狂暴的破坏亢奋不已。尽管如此，我却觉得当时是我最爱人类、最眷恋人类的时候。

有几个人好心劝我逃难，还说要给我提供乡下的住处。我却拒绝了他们，执意留在东京。当时我打算把大井广介烧剩下的防空壕作为最后的据点，于是跟大井广介告别时（他要逃往九州），我也就失去了所有在东京的朋友。我想象不久美军登陆，我在那防空壕里屏息藏着，周围是重炮弹的爆炸声，于是我感觉只好接受并等待这种命运。我过去一直在想我可能会死，但毫无疑问，我更确信我能活下来。可是一说到从废墟里幸存下来是有什么抱负不成，除了活下来以外，我又没有任何计划。对无法预料的新世界的一种不可思议的再生。这份好奇心是我一生中最新鲜的东西，我只是被下了一种奇怪的咒语，哪怕就当作我为这种奇怪的新鲜程度所付出的代价，我也得赌一赌留在东京。因此我很懦弱，在昭和二十年[①]四月四日这天，我第一次体验到来自四面八方，长达两小时的轰炸，头上的照明弹把夜空照得像白昼般明亮，当时我二哥刚好来东京，在防空壕里问我是不是燃烧弹，我想回答他“不，是照明弹”的时候才发现，如果肚子不用力，就

① 1945年。——译者注

完全发不出声音。此外，我当时是日本电影社的委托员工[①]，在银座遭轰炸后，我直接在银座的日本电影社的屋顶上迎接编队来袭，五层楼高的建筑物上还有座塔，上面摆着三台相机。空袭警报一响，众人的身影就从街上、窗户、屋顶、银座统统消失了，就连屋顶上的高射炮阵地都没了人影，人都藏在掩壕里，暴露在天地之间的只有日本电影社屋顶上那一撮人，十个左右。燃烧弹的弹雨首先下到了石川岛，下一波编队正往头顶正上方飞来。我感觉到自己腿都使不上劲。我惊叹摄影师能嘴里叼根烟，拿相机对着编队，沉着得直招人恨。

话虽如此，我还是一直喜欢伟大的破坏。人类服从命运的样子有种不可思议之美。麹町所有的大豪宅都消失得那么虚假，飘着余烬。高雅的父亲和女儿坐在壕沟边的绿草上，中间只隔着一个红皮旅行箱，要是一旁没有飘着余烬的茫茫废墟，这情景简直就像是和平年代的一次野餐。道玄坂这里的豪宅也消失了，只剩余烬在茫茫大地上纷飞。坡道中途躺着一具尸体，看似是遭汽车碾轧死的，而非轰炸致死，一张白铁皮盖在上面。旁边站着一个拿刺刀的士兵。走的人，回来的人，灾民们组成的蜿蜒人流简直就像没有感情一样，在尸体旁边你来我往，甚至都没有人注意到路上的鲜血。就算偶尔有人注意到，也只不过像看到了路边的废纸一般。美国人说战争结束后日本人虚脱了，茫然了，然而轰炸过后，灾民的行列中充斥的不是虚脱和

① 临时聘用的员工，非正式员工。——译者注

茫然那一类感情，而是一种惊人的充实和厚重的无情，他们是老实的命运之子。在笑的基本是十五六岁、十六七岁的姑娘们。她们的笑容很清爽。她们在废墟里翻来翻去，把刨出来的瓷器放进烧漏的桶里，或是在路上晒着太阳，看守着那一点点行李。这个年纪的姑娘们难道是因为对未来充满了梦想，才不觉得现实凄苦吗，还是因为虚荣心太强呢？在一片焦土上找寻姑娘们的笑容是我的一种乐趣。

在那场伟大的破坏下，有命运，却没有堕落；有无情，却很充实。从烈火中逃脱的人聚集在正在燃烧的房子周围取暖，还有一拨人同样聚在一起，正拼命灭火。两拨人只离了一尺远，却完全身处在两个不同的世界。伟大的破坏和它那惊人的爱，伟大的命运和它那惊人的爱，与之相比，战败的表情只不过是堕落而已。

然而，与堕落本身惊人的平凡和平凡的必然性相比，我感觉人们因为服从于那种伟大至极的破坏之爱和命运所体现出来的美，最多也就是梦幻泡影罢了。

德川幕府想通过杀掉四十七义士来让他们永远保住义士的地位，然而这么做只能防止这四十七位义士的堕落，而不能防止人类本身由义士堕落成凡夫俗子，再进而堕落到地狱。就算试着制定出“贞女不更二夫，忠臣不事二君”这种规定也没法防止人类的堕落，哪怕捅死处女，成功保住了她的纯洁，当意识到堕落那平凡的脚步声像海浪涌来一般理所当然时，也会不由自主地发现人为的卑微，通过人为得以保住的这份卑微的贞洁，只不过是如梦幻泡影罢了。

特攻队[1] 的勇士们只不过是一场幻影。人类的历史不是从变成黑市商人开始的吗？寡妇侍奉神明也不过是一场幻影，人类的历史不是从新的面容住进她们心里开始的吗？或许天皇也只不过是一场幻影，说不定等天皇成了普通人，真正的天皇历史才揭开帷幕。

人类本身跟名为历史的巨大生物一样巨大得惊人。“生”其实是唯一的不可思议之事。六七十岁的将军们不选择切腹，而选择并驾齐驱被牵上法庭，这场景是一张因战争结束才方得问世的人世图。虽然日本战败，武士道灭亡了，但人类才刚刚从堕落这个真实的母体中诞生。活着吧，堕落吧。除了这套正当的流程，还有什么真能拯救人类的捷径吗？我不喜欢切腹。原来，有一个叫松永弹正[2]的老奸巨猾的阴谋家，被信长[3] 追得走投无路，只得以城为枕自杀，然而他在临死之前，还按照每日惯例扎了延命的针灸，之后再用枪顶住脸，一枪爆头。当时他已经年过七十，却还是个能无所顾忌地在他人面前和女人调情的恶棍。我赞成这个男人的死法，但我不喜欢切腹。

我战战兢兢。然而，我又在此同时，恍恍惚惚地迷上了这份战栗之美，我没必要思考。那里都是美丽的事物，因为那里没有人类，事实上，就连小偷都没有。近来东京街道很暗，然而战争

① 日本在“二战”期间组织的特别攻击部队，又叫敢死队。——译者注

② 本名松永久秀，战国时代的武将。——译者注

③ 指织田信长。——译者注

中的东京是一片漆黑，因此不管夜有多深，都无须担心会有人拦路抢劫。当时我一直走在黑暗的深夜里，不锁门窗睡觉。战争期间的日本像是个虚构的世外桃源，虚无之美四处盛放。这不是人类真实的美。如果我们能忘记思考，就再没有比这更悠闲、更壮观的盛况了。比方说，即便对炸弹有着绵绵不绝的恐惧，只要不去思考，人就能一直悠闲，只需要恍恍惚惚沉迷其中即可。我是一个笨蛋，我天真至极地跟战争玩了一场。

战争结束后，我们获得了全部的自由。当人获得了全部的自由时，就会意识到自身存在着无法理解的限制和束缚。人类永远不可能自由。因为人类生存在这世上，又必须死，所以人类就会思考。政治方面的改革能一日而就，但人类不能如此改变。人性经遥远的希腊所发现才迈出了确立的一步，今天它又显示出了多大的变化呢?

人类。无论战争带着多么恐怖的破坏和命运跟人类对峙，也不能把人类本身怎么样。战争结束了。特攻队的勇士已经成了黑市商人，寡妇的心已经为新的面容所填满。人类不会变，只是回到了人类。人类会堕落，义士也会，圣女也会堕落。这是防不胜防的事。防备救不了人。人类会活着，人类就会堕落。除此之外没有捷径能拯救人类。

日本人不是因为输了战争才堕落，而是因为他们属于人类所以才堕落，因为活着所以才堕落，仅此而已。然而人类不能永远堕落下去，因为面对苦难，人类的心没办法像钢铁那样坚强。人类脆弱，惹人怜爱，所以才愚蠢。然而要一直堕落下去也不可能，因为人类太弱了。恐怕人类到头来不得不捅死处女，不得不编出武士道，不得不把天皇抬出来。但是人类如果想捅死自己的处女而不是他人的处女，编出自己的武士道和自己的天皇，就需要在堕落之路上正确地堕落到底。因此日本也需要像人一样堕落。日本必须通过在堕落之路上堕落到底来发现自我，拯救自我。凭借政治来救国的想法是只有皮相的愚蠢思想。

续堕落论

続堕落論

ぞくだらくろん

有人说日本战败后国民道义颓废了，那么，是要恢复战前的“健全”吗？这是值得庆贺的事情吗？我极不同意上述看法。

我的故乡新潟市盛产石油，因此也盛产石油暴发户。我上小学时，就经常在校长的训话里听到一个叫中野贯一的暴发户，他白手起家，之后也非常节约，因为从停车场坐人力车价钱会有些贵，他就走到一座叫万代桥的桥底下，在那里挑便宜的车坐。然而前些日子老家来人说，这故事的主角如今已经换成了一个新的石油暴发户，名叫新津某，他的故事现在还成了新潟市市民的日常楷模，成了生活的规范。

大富豪把五十钱的车费缩减到三十钱算是美德吗？我们应该每天去学习这种生活吗？我们不仅是针对这件事在讨论问题。我们讨论的是贯穿这故事最底层的精神，是生活应有的状态。

战争期间，我一直在日本电影社做委托员工。当时不出所料，委托员工里有一个叫 O 的意气风发的男人，好像是给联合报社做理事的。他大发议论，说吉川英治和佐藤红绿是日本伟大的文学家，就是这么一位“专家”，在会议上说要拍一部电影。

据他说，这部电影要拍出老农夫粗糙枯瘦、骨节突起的双手，还有打满补丁的衣服，要把这些由父至子、由子及孙的吃苦受穷的灵魂象征都串在一起拍出来。他还说，因为日本文化必须得是农村文化，从农村文化转到都市文化则是日本的堕落，所以才会有今天的悲剧。

他这一席话在会议上引起了巨大的反响。专务董事（实际上的总经理）等人都大感佩服，回头看我，问我要不要以此来写个剧本。我好不容易才谢绝了他们，这故事简直就是只存在于战争期间的一场噩梦。战争期间，人们一直在声嘶力竭地喊着："回到农村文化里去，回到农村的灵魂里去。"这是一时的流行思潮，也是日本大众的一种精神。

虽说都叫作农村文化，但农村真的有文化吗？农村或许有盂兰盆会舞，有祭典风俗，有吃苦受穷精神等本能的积累精神，但文化的本质是进步，农村连一丝一缕进步的影子都没有，有的只是排外精神，对他人的不信任，强烈的猜疑心，兴旺发达的只有一门心思算计得失的本事。人们向来都不加反省地用"淳朴"这个奇妙的词汇去形容农村，然而农村自从建立以来就不存在淳朴这种性格。

自大化改新以来，农村精神是不屈不挠想方设法逃税的精神，通过当上流浪汉来逃税，隐瞒户籍逃税，于是这些农民们各自不起眼的"艰苦奋斗"的逃税行为，事实上就成了日本经济的纽结，庄园据此兴起，繁盛，衰败。贵族亡而武士兴。农民们跟税做着斗争，这种不屈不挠的逃税行为使得日本的政治产生变动，使得日本的历史发生变迁。看谁都是贼——这才是王朝的农村精神。事实上，这里强盗横行，地头①出类拔萃，就算摔倒了，爬起来的时候也要抓上点什么。对他人的猜疑和排外精神是农村的灵魂。他们总持消极被动的态度。他们想做什么自己不说，或者是不能说，于是他们就用他们特有的狡诈来处理那些强加到他们头上的事情，于是这种被动的狡诈就孜孜不倦地推动着日本的历史。

日本农村直至今日还是奈良时代的农村。就拿如今各个农村里类似的民事诉讼来说，有人背着邻居把用于分界的田埂移了三五寸；有人不签契据就管好友借田地，借了却不还。他们不是在执着地背叛好友和邻居吗？算计利害得失就是他们生活的根底，至于对更高尚的精神的渴望，对自我的反省和新的发现，在农村精神里是找不到的。既然没有新的发现，就不可能有真实的文化。既然没有自我反省，就不可能存在文化。

人们都说，农村的美德在于吃苦受穷的精神。受穷精神怎么就成了一种美德？有句话叫需求是发明之母。因为人们受不住穷，耐不住不便，追求需求，所以发明才会兴起，文化才会兴起，人们才会不断进步。日本的军队是受穷的军队，他们不渴望方便的器械，讴歌玩命驱使肉体、压榨肉体的行为，没有先进的兵器，从根本上缺乏作战基础，所以今日才会招致目不忍视的惨败。绝不只有军队如此。日本精神本身就是受穷精神，不想改

---

① 日本旧时负责管理庄园和公领（即公家领地），征收税款的人。——译者注

变，不想进步，憧憬赞美过去，偶尔出现的进步精神吃了这受穷的反动精神一击后，总是被拖回到过去。

需求是发明之母。这种追求需求的精神在日本被视为懒汉精神，受苦则被誉为美德。走个一二里地没问题，用电梯爬个五六层楼就是懒惰至极了。依赖机械，忘了劳动精神就是亡国之本了。一切都搞反了。真理是不会作假的。也就是说，我们根据真理被迫复仇，仰仗肉体的劳动，仰仗受苦的精神才招致了今日亡国的悲惨命运？

光是按下一个按钮、转动一下把手就能解决的事，非得辛辛苦苦忙碌一整天，然后说什么汗水的结晶，劳动的喜悦，真是愚蠢。而且整个日本，日本的根底本身都是如此愚蠢至极。

时至今日，各位代议士[①]说到天皇制还会吵吵闹闹，说一些“皇室的尊严”之类的蠢话。天皇制虽然是一种贯穿日本历史的制度，但天皇的尊严基本不过是受人利用的工具，没有真正实际存在过的先例。

对藤原氏和将军一族而言，他们为什么需要天皇制呢？他们为什么不将最高主权掌握在自己的手里？因为比起他们自己掌握主权，天皇制来得更合适，他们心里明白，比起自己号令天下，不如挟天皇以令诸侯，自己一马当先摆出一副服从号令的样子，这样命令就会更行之有效。这里所说的天皇号令不是天皇本身的意志，实际上是他们的号令，他们借天皇的名义来干自己想干的

① 日本议员的旧称。——译者注

事，自己一马当先服从号令以示众人，自己做出服从天皇的榜样，再把榜样强加到人民身上，这样就能把自己的号令强加给人民。

他们不可能把自己称作神明，向人民要求绝对的尊敬。然而，他们可以向天皇叩头行礼，把天皇奉为神明，再将其强加给人民。这样一来，他们一面擅自拥立天皇，一面在天皇面前叩头行礼，通过自己的叩头行礼来强行让人民尊敬天皇，再利用这份尊敬发号施令。

上面所说的不只是很久很久以前藤原氏和武家的故事。看吧，这场战争不也一样吗。事实上天皇并不知情，也没有下命令。这场战争只是军人的意愿。“据说事变之火是在东北一角燃起的”，“据说事变之火是在华北一角熄灭的”。甚矣！连总理大臣都未能得知实情，军部竟独断专行至此！而且身为军人，却如此轻侮天皇，一面从根本上亵渎天皇，一面却又盲目崇拜着天皇。荒谬！简直是荒谬至极！更何况，这就是贯穿日本历史的天皇制的真相，是日本史真真切切的本质。

藤原氏自古以来，就是最崇拜也最亵渎天皇的一群人。他们真正从骨子里盲目崇拜天皇，同时又把天皇玩弄于股掌之中，当作替自己谋求方便的工具，一直在竭尽所能亵渎天皇。直到现代，直到现在，各位代议士还说什么天皇的尊严，大部分国民居然还在予以支持。

去年8月15日，战争在天皇的名义下结束了。[①]人们都说是拜

---

① 指1945年8月15日正午，日本天皇广播，宣布无条件投降，结束战争。

天皇所救，但就日本历史来看，天皇通常是日本历史针对紧急情况而编排出的一种独创的作品、策略、王牌。军部出于本能知道这张王牌，我们国民又出于本能在盼望这张王牌，于是在军部和日本人民的合作下，这场戏终于在 8 月 15 日落幕。

说什么“耐难耐之苦，忍难忍之痛，听朕号令”。于是国民只好流着眼泪，难忍也得忍着，乖乖听话，因为这是天皇陛下的命令。放屁！放屁！放屁！

我们国民巴不得战争结束。我们早就受不了苦练竹枪直面坦克，像泥偶一样被啪啪地碾死了。我们一直打从心底盼望战争结束。然而，我们不能说出口。于是大家就说什么仁义道德，又说什么天皇的命令，忍难忍之痛。这是什么机制?！这不是一场惨烈又可悲的历史性大骗局吗?！而且我们对这场骗局并不知情。要是没有天皇的停战命令，我们就真的会用身体去抵挡坦克，不情不愿却仍旧奋勇地一个个变成泥偶，被啪啪地碾死了。我们国民虽然不像最亵渎天皇的军人崇拜天皇那样崇拜天皇，却已经习惯了利用天皇，他们没有意识到自身的狡猾，以及仁义道德这张奸诈的招牌，一直在讴歌“天皇的尊严”所带来的好处。这又是什么机制?！何等狡猾！我们被这种历史性机制附了身，于是失去了人类，以及人性的正确形态。

人类，以及人性的正确形态指的是什么呢？想要就老实说想要，讨厌就说讨厌，说白了就是这么点事。喜欢的东西就直说喜欢，喜欢的女人就直言爱意，脱掉仁义道德、礼义廉耻、人情世故这些伪装，回到那颗赤裸裸的心吧！找出这种赤裸的姿态首先就是人类复活的第一个条件。然后才是自己，以及人性和真实的诞生跟起步。

各位日本国民，我呼吁各位，呼吁日本人以及日本自身走上堕落之路！日本以及日本人必须堕落！

只要天皇制存续，只要这种历史性机制还残留在日本的观念中发挥着作用，人类和人性的真实之花就不可能在日本绽放！人类的真实之光将被永远禁锢，人类真正的幸福，真正的苦恼，一切人类真正的样貌都不可能在日本出现了！我虽然高喊着要日本堕落，真正的意图却刚好相反，当今的日本，以及日本人的思维如今都沉沦在巨大的堕落之中，因此我们要从这种充满着封建陋习机制的“健全道义”中堕落下来，赤裸裸地踏在真实的大地上。我们必须从“健全道义”中堕落下来，恢复真实的人类之身。

总之我们必须把什么天皇制、武士道、受穷精神、五十钱缩减成三十钱的美德等种种伪装脱掉，一身赤裸，变回人类重新出发。否则，我们不就又倒退回了昔日的那个谎言之国吗?！先回归赤裸，抛开囚禁自己的禁忌，追求自己真实的声音吧！寡妇去恋爱，去下地狱吧！复员军人去当黑市商人吧！堕落本身是坏事，然而不入虎穴，焉得虎子。用表面的光鲜亮丽是换不回真实的回报的，我们必须赌上血，赌上肉，赌上真实的悲鸣。该堕落的时候，就得真真正正大头冲下地往下堕落。道义颓废吧！混乱吧！流血吧！染毒吧！我们得先穿过地狱之门，才能向天国爬去。只有让双手双脚的二十只指甲渗血，剥落，才能一步步向天国靠近。

堕落本身通常是没有价值的。堕落本身不过是一种恶，但其本身所拥有的性格之中，却包含着一个伟大的人之实相①——孤独，这一点是不争的事实。也就是说，堕落总是孤独的，它担负着一种宿命——被他人抛弃，甚至被父母抛弃，除了依靠自己以外无计可施。

善人就轻松了，善人能安眠于跟父母兄弟以及其他人建立的虚无的道义和约定之上，一心扑在社会制度上，随后从容赴死。然而堕落者总会突出于这些框架之外，独自走在旷野上。恶行虽然是没有价值的，但孤独这条路是通往神明的道路。“善人尚且得以往生，何况恶人乎？”②说的就是这条路。耶稣基督向妓女行礼也是在走这条旷野独行之路，只有这条路能通往天国。即便数以万计、数以亿计的堕落者基本都到不了天国，都是徒劳一场，只能独自在地狱徘徊，这条路也永远是通向天国的道路。

哀哉！人之实相就在于此。诚然，实乃哀哉，人之实相就在于此。这实相是永远无法靠社会制度、靠政治来得到救赎的。

尾崎咢堂③被称为政治之神，然而战争结束后，又开始鼓吹世界联邦论。据他所言，在原始社会，部落和部落一直是对立关系。日本直到明治时期为止，都没有日本这一观念，藩和藩对立，大家不是日本人，而是藩人。当时出现了一类叫非藩人的人，打破了藩和藩的对立意识，从而才有了日本人。现在的日本

---

① 实相，汉传佛教术语，最早源自鸠摩罗什，被用来代表诸法真实的相貌。——译者注

② 日本思想家亲鸾提出的看法。——译者注

③ 指尾崎行雄，日本大正、昭和时期的政治家、民权思想家。——译者注

人是日本国人，对立是国与国之间的对立。我们需要像明治时期的非藩人那样，成为非国民，通过打破国家意识来成为国际人，他称非国民是一个极为荣耀的词汇。这就是他世界联邦论的根柢，他主张区分日本人、中国人、美国人是受残留的原始思想附体，要成为世界人，消除天下国籍之分才对。这论调好歹值得一听，他信口开河，说国人不应有什么日本人的血统一说，不该将血统视为珍宝来守护，论调中透出几分认真和魄力，然而如果我没记错，他的夫人应该是个英国人，如果他有个日本老婆，有个日本女儿，就很难说出这种话了。

然而，我敢问咢堂，咢堂有曰，在原始社会，部落和部落是对立关系，再往后是藩和藩对立，国和国对立，总之对立就是因为文化水平低，确实如此。然而咢堂忘记了人类这一关键的因素。

虽然对立感情是由于文化水平低，但即便没有国和国之间的对立，人和人之间、每个人和每个人之间的对立都永远存在。倒不如说，随着文化的发展，这种对立只会越来越激烈。

在原始人的生活中，没有确立家庭这种东西，多夫多妻制野合，妒忌也少有发生，个体间的对立极为稀薄。随着文化的发展，家庭的形态越来越明确，个体间的对立也越发激化，尖锐化。

在忘记了这种人类的对立，这种基本的、最巨大的深渊的基础上去谈论对立情感，讴歌世界联邦论，谈论人类的幸福，这是要施什么法啊？把家庭的对立、个人的对立忘个干净，再去谈论人的幸福，这本就是荒唐透顶的事。而政治，本来就是这么荒唐透顶的玩意。

确实，政治不可能触及人类，更不可能触及人性。

政治，以及社会制度都是大孔渔网，人类是渔网永远兜不住的鱼。即便人们打破了天皇制这种机制，建立了新的制度，到头来也不过是进化成另一种机制罢了，这也是人类难以避免的命运。人类总要漏网，堕落，然后向制度复仇。

我向来认为世界联邦这种观点也非常棒，如咢堂所说，我一直认为日本人的血统不值得守护，然而这样人类就能幸福了吗？人类的幸福不在于此。人类真实的生活不存在于这种地方。日本人不是不可能成为世界人，事实上，日本人非常简单就能成为世界人，然而人类和人类的对立，个体之间的对立不应永远消失，而且，人类真实的生活往往只存在于这种个体之间的对立生活之中。任凭世界联邦论等理论再费力气，也都不能拿它怎样。并且，文学就是这种个体生活所倾吐出的灵魂之声。文学往往是对制度、对政治的叛逆，是对人类制度的复仇，而且还在通过这种叛逆和复仇协助政治。因为叛逆本身就是协助，是爱。这是文学的宿命，是文学和政治间绝对不变的关系。

人类的一生很虚幻，然而，人类是一种极端乐观、滑稽荒唐又轻佻冒失的生物。这场战争期间，大部分东京人住处被烧，住在防空壕里淋着雨，或许有些人一直在抱怨想走也没有地方可去，然而应该也有不少人对这种生活感到意外的安心，从中体会到了一种难以诀别的爱。有很多乐观主义者每天一面淋着雨，被轰炸吓得瑟瑟发抖，一面却还非常享受这种日子。我家附近有位太太在开“井边会议”[1]的时候不小心说漏了嘴，说“没有轰炸的日子真无聊呀”，众人笑了笑她，也就这么混过去了，我却觉得笑的那些人心里确实是这么想的。人们说妓女是社会制度的缺憾，可那些人心里或许想的是，总比一大拨人都被征去围着机器转要有意思。给女人套上制服命令她们工作，谁又能断言这种生活就是健全的呢？

我们的一生对于人类生生不息、无限而永远的未来而言，不过是易逝的朝露。这样的我们谈什么绝对不变的制度，永远的幸福，要与未来定下约定之类的都不过是在拼命耍小聪明，毫无意义。这一行为难道不是在亵渎无限而永远的时间，亵渎人类的进化吗？我们能做的，只有让自己一点点变好，事实上，人类也就能堕落到这个地步而已。上天没有赐予人类足以无限堕落下去的坚强意志。人类多半得依靠某种东西，或是某种机制来阻止自己下落。只有创造这种机制，击溃这种机制，人类才会前进。堕落是制度的母体，只是我们首先必须极为严肃地看待这一可悲的人之实相。

---

① 主妇们聚在水井旁谈八卦唠家常。也比喻主妇们在做家务的时候聚在一起聊天。——译者注

水鸟亭

水鳥亭

みずとりてい

一条沙丁鱼

一到周日晚上，梅村亮作的妻子信子就会迅速盖上被子，躺下睡觉。女儿克子也学着母亲的样子，把被子一蒙就躺下睡觉。

九点半或是十点左右，后门就会传来这样的声音：

“梅村，睡了吗？”

亮作原本蹲在没有火的火盆边，正找烟草渣往旱烟袋里填着吸呢，听到这声音马上就来了精神，站了起来。

亮作欢欢喜喜地打开后门。

“呀，您回来啦。来，快，快请进。”

声音也因激动而尖锐发颤。

野口光是看到亮作高兴的样子就满足了似的，礼貌的举动中包含着总经理的淡定风采。只见他解开包裹：

“来，鸡蛋。对了，今儿早上捉到了不少沙丁鱼。”

野口拿给亮作一个包着三个鸡蛋和不到十条沙丁鱼的纸包。

“这是我们家自己种的白萝卜和胡萝卜。”

这么多种食物，在亮作眼里看来简直如同宝石一般。他茫然接下了东西，眼中甚至还流出了泪水。

“大家都睡了吗？”

“没事，不要紧的，您请进。”

“我正从伊东往回返呢，自己家都还没回呢，晚安。”

野口笑了笑，静悄悄地走了。

这已是每个周日晚上的习惯了。信子和克子不想看到这一幕，所以早早就蒙上被子睡觉了。

因此信子和克子都玩命吃野口给的东西。一边吃，一边大说特说给食者和接食者的坏话。

“你们既然这么讨厌人家，就别吃人家给的东西！”

亮作气得直抖，两个女人却不理不睬，坏话说得越来越起劲了。

“是呗。那个男的从女儿出生起就是你的同事啦。原来处处碰壁那会儿，还顶着一副要饭的样子来咱家借过钱。然后呢？以为自己出人头地了，结果还不是靠着打仗成了暴发户，鼻子都翘到天上去了。”

“人家哪有翘鼻子。”

“怎么没有了。原来都是你你咱咱的，说起话来随随便便，有点出息了就变成您、我了。啊，真讨厌。以前只会说‘咱从伊东往回返呢’，现在则是说‘我正从伊东的别墅往回返呢’，真惹人厌。”

“胡说八道，人家不是很谦逊吗。”

“那是装的，装出一副谦逊的样子冲你示威呢，暴发户的恶毒癖好。是吧，克子。”

“没错，无知文盲的下流癖好，大杂院居民的贵族癖好吧。”

“胡说八道，你们一肚子脏水，所以看什么都是脏的。首先，野口就没有说过什么伊东别墅。他只是跟平常一样提到伊东的……他在尽量避免用暴发户的口气说话，懂吗！”

“没意思。就是把大杂院居民的‘礼貌’癖好倒过来换了个样子而已嘛。”女大学生克子丢过来一句话，“他想说伊东的别墅却只说到伊东就不提了，这才讨人厌呢。东西找用人送来就好，却说什么自己正往回返呢，他就是想卖个人情，还想提自己在伊东的别墅！这不是故意装谦逊吗！鸡蛋每次都是三个，多不自然呀，是故意按人头给这么多个的，自始至终他都是故意的！”

“你也太把自己当回事了！这什么话呀！你看看这沙丁鱼！不是七条吗？！他没有故意按人头给。你们拿下流的想法去猜忌别人，太肮脏了！”

克子冲着盘子上烤好的沙丁鱼翻了个白眼，说：

“七条，真奇怪呀。”说完露出了冷笑。

克子戳烂了沙丁鱼，慢慢吃着，又说道：

“要是九条，就太可惜啦。是给六条加上了一条呢，还是从九条里扣去了两条呢？”

亮作愤怒得就快要冲上前抓住克子了。

“好好回答我问的话！他有没有故意按人头给？说！”

“这个嘛，应该有吧。”血色从克子的脸上褪去，惨白的冷笑贴在脸上。“这是人家对忠诚和顺从的特别恩赐呀。因为有为了一条沙丁鱼就高兴得老泪纵横的人嘛。老同事成了小工厂的小财主，来提拔自己啦。人家就猜到某人又老实又迟钝，才会把会计这么重要的职位给他呀。可是某人只是个普通职员，工资又少。所以人家总经理说话才会什么您您的这么礼貌，这么热情对待某人呀。而且还在六条鱼的基础上额外多给了一条沙丁鱼呢。于是某个普通社员就含着老泪等着总经理周日晚上从别墅回来呀。”

女大学生这一番在理的讽刺从总经理转移到了自己的身上，亮作随之就丧失了反抗的能力。他气得呼吸都停止了，血液一下子冲到了头顶。然而他闭上嘴，垂下了头。

亮作和野口曾经在东京近郊的农村一起当过小学教师。野口不满足于只当个小学教师，结果自己创业却失败落魄，因为吹吹唢呐、开开中华荞麦面店还有些收入，所以就做做送葬队伍的头头，便宜买进病刚好的马匹来运个货，结果马暴毙而亡。这活儿本来就要担着马可能会死的风险，野口也就自认倒霉了。然而这匹马在临死之前发起疯来，瞪着血红的双眼从稻草做成的地板上一跃而起，像是要跳上天空。也就是用后腿站着，前腿跟人类的幽灵一样弯在胸前，像蛇伸长身子一样玩命向天空拧着脖子。然后它扯断了缰绳，冲出了马棚，一口气直直向前冲了五六座小镇那么远，最后扑通倒在地上，一命呜呼。虽然医生没有检查这匹马，但野口逢人都说马是犯脑膜炎死的。

之后野口在镇里开了一家小工厂，就快熬不下去要跑去上吊的时候，战争开始了。工厂突然就上了轨道，野口也就一下子成了暴发户。

野口提拔没出息的亮作当了会计。野口会看上亮作，是因为亮作迟钝，没有干坏事的本事。薪水则按当时的市场价给，只比小学教师好上那么一点而已。

野口待人友善，却是个把钱看得很紧的男人。他非常小气，就算说他对员工用敬语是为了弥补他的小气也不为过。他给了亮作产报[①] 的啤酒券和餐券，但吃饭方面亮作还是得自己出钱。大家（包括亮作）都认为野口会这么做是因为他小气，不过做了确实比不做来得友善。

亮作知道克子说得没错。野口每个周日晚上都会拿来别墅种的菜和沙丁鱼，不当回事地放下，等到公司午休那一小会儿的时间又漫不经心地说，在伊东要抓到一条沙丁鱼都已经有多难多难了。

一两次亮作还是能忍的。但是，如果亮作默不作声，恐怕野口每天都会反复提起这码事。

因此，亮作终究还是抬起头，用一副若有所思的表情说道：

“安了发动机的船吧，都安的是热球式发动机。大家都被征去做运输船了。年轻的渔夫被征去打仗，就连上了年纪的也跟船一起被征走了。这样还能打到够上千人吃的沙丁鱼，真是不可思议呀。”

“前几天，我问了那边来的人，他们说在捕鱼。好像还在用

---

① 大日本产业报国会的简称。成立于 1940 年 11 月 23 日，在内务省和厚生省的指导下用战时体制统一管理劳动者的组织。——译者注

大谋网[1] 捕。”

野口心里很明白这是亮作在挑战自己，笑容却未从脸上消失。

“您说那边，是哪边来的人呀？”

“啊，是沼津。我远房亲戚在那边的工厂做事，总部设在东京，他经常去东京办事，每次都会顺道来我家一趟。”亮作畏畏缩缩的，胆怯得就像只小龟崽似的，好像下一秒就要缩到龟壳里去了，却还在顽强地往下说：

“大谋网捕得好的时候，能捕到四五万条鰤鱼。大海里的鱼真是取之不尽呀。”

“我还是头一次听说沼津的大谋网，沼津可没有渔场呀。”

“不，渔场不在沼津，在那附近。”

亮作拼命动着嘴，脸上流露出濒死前的哀苦神色。很悲哀，也很固执，很可憎。

野口脸色变了，喘气也不匀实了。

“我亲眼看见的，您是要拿耳朵听到的传闻来否认我亲眼所见的事实吗?！”

亮作沉默了。

“太平洋沿岸都被敌人的潜艇给包围了。在真鹤那边，敌人的潜艇还冲到了大谋网里。听说闹得沸沸扬扬，还吹螺号来着，结果敌人披着渔网就逃跑了。所以不管哪儿的大谋网都搁着没人管，因为危险，也没有小船敢出海。”

---

① 一种定置网，由拖网和袋形网构成，体积非常大。——译者注

亮作那一脸哭相好像在说，只要让野口变了脸色，乱了呼吸他就满足了。然而野口也是，只要亮作沉默了，嗯，他就满足了。于是，总经理没花多少时间就恢复了平静。

野口给亮作倒了口茶。

“如何？来伊东玩一趟吧。这周日我陪您一起。总之，那儿可是个世外桃源呀。我们家耕地有两百来平方米。鸡也生好了够吃一星期的蛋，在等着我们呢。”

“嗯，务必让我跟您去一趟。”

亮作也变回了忠实的员工，笑了笑。于是，就又能暖融融地感到总经理那善良的关怀和友善了。

就算亮作在周一到周六这六天来都对野口的小气感到不爽和憎恶，在周日这天也会满怀喜悦地等待着他友善的来访。于是，晚上十点，这份喜悦因为轻轻走近后门的脚步声而达到了顶峰。

或许，在听到后门传来脚步声的那一瞬间之前，亮作心里都在恼火，想要骂总经理小气得用礼貌来弥补微薄的工资。然而，只要听到来访者的声音，确认了来人就是野口，一切就已经完蛋了。亮作成了一坨只由感动堆成的肉块，心脏在胸腔里跳跃撞击着，促使他奔向后门，让他衰老的双眼中浮现出泪水。

亮作从未觉得这样的自己很可悲。他觉得应该相信人是心怀善意的。对于信子和克子，他是这么想的，然而他自己则一周有六天在蔑视总经理的小气和礼貌。因此亮作或许比任何人都更觉得，为一条沙丁鱼而哭的男人很可悲。

当妻子和女儿通过肮脏而恶劣的表现指出自己为了一条沙丁

鱼而哭泣的样子时，争吵就已经结束了。他全身血液上涌，闭上嘴，垂下头。

然而，没过多久，他重新抬起了头。

接下来，又像开始拐弯抹角讽刺总经理一样，畏畏缩缩，却执拗地争辩道：

“你不准吃那条沙丁鱼。”话说得非常轻，然而，压不住的亢奋却让他口沫横飞。“你这么鄙视它，恨它，还吃它干什么？你这种行为不更应该鄙视吗？”

对于亮作的这番话，克子首先是这么回答的：

“你唾沫星子都喷到食物上了。”

然后克子慢慢地，像扔垃圾一样，要把沙丁鱼扔进没有火的火盆里。

“给我慢着！”爸爸去抓女儿的手臂，或者说，想去抓女儿的手臂，然后大声喊道：

“就算现在你摆出这条鱼比垃圾还不如的做派把它扔给我看，你也没法否定自己的下作！你一直都在吃它！你这相当于在鄙视自己一直以来如此下作！”

克子整张脸没有了一丝血色，她站了起来，拿起盒饭。她接下来要去征用[①] 的工作场所。

克子把盒饭放在膝盖上打开，捏起一条沙丁鱼，用力扔到了水池里。克子流下了一行泪，不久开始微微抽泣，却咬紧嘴唇，

① 日本“二战”时期为了解决因征兵导致的劳动力不足和军需问题，曾经强行征用百姓劳动。

开始收拾打扮，准备出门。

“欺负克子，很有意思吗？！”

信子尖锐的叫声向他刺来。

他无语。

“弄哭了克子，真晦气！克子马上就要去征用的地方上班了！女人去征用的地方上班跟男人出征上战场是一样的！吃一条沙丁鱼而已，我们克子鄙视哪位大人了？！比起沙丁鱼我更鄙视棺材铺！吃一条沙丁鱼而已，也要什么高尚的理由吗？！我没有理由，我就是想鄙视棺材铺！吃一条沙丁鱼就下作了，哼，真是够了。下作的人是你，连让女儿吃一条沙丁鱼都舍不得。这米饭是用乡下的姨姥姥给克子送来的大米做的！你不也在吃这米吗？！”

亮作无语了。克子可以因为赢了而得意扬扬地哭泣，但他连哭都不能哭。

他站起身，开始收拾准备上班。他不能像克子扔掉沙丁鱼那样扔掉饭盒里的米饭。

比起能否从这份痛苦中脱身，能否打赢战争看起来也并没有那么重要。

书和鸡棚

亮作是确信皇军会胜利的那一派，而信子和克子却确信皇军会战败。

一接到塞班岛战况不利的消息，母女俩就迅速开始收拾行李，准备逃难了。

克子看到信子拼命打包旧衣服，说道：

“你带这种玩意儿干什么？”

“这还能穿呀。也是为你带的，早晚会派上用场的。”

“我才不穿这种玩意儿。”女儿翻了个白眼，咂了咂嘴。“姨姥姥喜欢收集衣服，把自己花了一辈子时间收集的那些跟艺术品似的衣服都给了我。这种玩意儿，女佣都不会穿。”

“别这么浪费嘛。这都是我当年出嫁时带过来的。我缝缝补补，都穿了一辈子了，都是我的回忆呀。你爸爸从来没有给我买过一件衣服。”

女儿根本没去理会母亲的感伤，却又刷新了对父亲的鄙视。

“真的？你嫁进来到现在都没买过？”

“真的啊。”

“真的假的呀，你嫁进来的年数比我岁数还大呢。”

“当然是真的呀。”

“哼，真迟钝。”

母亲以无语表示同意。

战时的夜晚很安静，两人的对话一清二楚地传到了迟钝之人的耳中。

亮作一直想考资格考试，当中学教师。刚当上小学教师那会儿，亮作马上就开始准备考试了。他那微薄的工资大多都花在了这方面。亮作开始打算考历史和地理，之后也考过日语和汉语，然而考多少次都考不过。

信子也是因为相信亮作这辈子不可能只是一个小学教师，才跟亮作结婚的。信子觉得，何止是中学教师，亮作再往上考都能考过，没准会成为教授、学者呢。媒人帮腔是一方面，但信子在看到亮作那被书山堆满的书房时，不知怎么就相信了。

直到他三十岁左右那会儿，人们还是很信任他的。学识渊博，绝非一生只配当个小学教师的平庸之辈。当时人们都在仰视他。

等到他四十岁左右，就完全反过来了。同样的人，在同一片土地上，生活没有一处明显的变化，舆论居然能发生如此天翻地覆的变化，真令人难以相信。世人从前对待他曾如此宽容，然而之后又是如此冰冷。

没有人可怜他。只剩下鄙视和嘲骂。

学务委员打着全体监护人的旗号向校长告状，说他为了考那根本考不上的考试而蔑视自己当前的工作。

校长没有为他辩解。

“哎呀，这人真愁人。就算我想把他安排到别处也没有哪个校长收留他，他们说还不如找个代课老师呢。”

“话是这么说，可我们都把宝贝孩子交给你了呀。”

“我这就想办法，我也会直接教训他的。请忍一忍。”

每次他都会被叫到校长室，被逼着给学务委员和有权有势的家长挨个赔罪。

而他的月薪不管过多久，基本都是刚入职时候的水平。他被比自己年轻十几岁的人超了过去，每逢新学期，接下他那届学生的年轻老师都会大骂他这一年来根本没在教书育人。

信子告诉克子，要是没有姨姥姥的援助，自己早就带着她一起自杀了。

信子妈妈的姐姐也就是克子的姨姥姥，嫁了个富豪，一辈子过得很任性。但丈夫死了，也没有继承人，因此这任性的老人家就选了克子当她的第一号养女。

信子只有这一个孩子，却没有理由来反对让克子当别人的养女。像梅村亮作这种家族姓氏，绝了后也是造福社会造福百姓。围绕这一家族姓氏的只有耻辱、贫穷、悲哀和叹息，其中只有满满的诅咒。梅村亮作这满是耻辱的一生当然该由他自己一个人来了结。

姨姥姥给克子送来学费，克子上了女子大学。跟姨姥姥这边相比，亮作从世人那受到的冷遇都是小意思。姨姥姥对他的感情是憎恶，无视、否定、刺杀了他整个人的人格。

克子每逢休假都会跟母亲一起去姨姥姥那里住，然而她们甚至不允许亮作在姨姥姥门前站着。于是克子休假期间，他不得不自己做好饭再去上班。然而只要没有耻辱所带来的痛苦，一个人独住这点不方便也就算不上什么难受了。

克子的学费是被禁止用来补充生活费的，包括亮作那份。信子也一直严守着这条禁令，可是战争愈演愈烈，姨姥姥开始给克子送粮食，虽然亮作很少从生活费方面得到好处，但配给的粮食丰富了许多，亮作也就受到了间接的恩惠。

母亲和女儿一到晚上就开始收拾逃难的行李。行李当然是要送到姨姥姥那边去。当然亮作的东西是完全排除在这堆行李之外的。

就算把她们的东西送走了，厨具和茶几原本也是属于亮作的东西，因此并没有影响到三个人的生活。

两人并没有劝亮作收拾行李。因为这会给她们的生活带来不便，所以哪怕亮作的东西全部灰飞烟灭也没什么可惜的。

两人的行李一送走，房间看上去就宽敞了许多。受了眼前场景的刺激，亮作也开始考虑逃难了。他想，至少把书保留下来，他这辈子就只有这么点足迹了。一想到书会被烧掉，就痛苦得好像自己被烧了似的。

这二十多年来，亮作用微薄的薪水一点点囤下的藏书已经有两千来册了。

"我说信子啊，我能不能只把这些书寄放在姨姥姥家呢？"

信子无奈地叹了口气，道：

"你说什么呢。你真是，唉，不要脸，居然能说出这种话！我倒想拜托B-29[①]只把你这些书烧个精光呢。你也想想看吧。我为了这些书，这辈子几乎白活了，我都数不清自己哭了多少回了。你居然，唉，居然没有烧掉这些废书的心思。让别人哭得要死，不但一分钱好处没捞到，还成了别人的笑柄。这每一本书都

① 指B-29轰炸机，在第二次世界大战末期到朝鲜战争时期都是美军的主力轰炸机。——译者注

盖着‘你是低能’的印记，亏你还能每天心平气和地看着这些证明你低能的证据，真是不可思议呀。我不知道你智商是有多低。总之我跟克子能活下来，都多亏了姨姥姥。不然的话，我们母女俩就要为书一起送命了。”

这些都是信子的真心话。对克子而言，这通抱怨早就听过无数遍了，自己生下来就好像为了听这抱怨似的，也早就厌烦透顶了。信子的语气很激动，在克子听来却是过时的车轱辘话，勾不起她任何兴趣。

“爸，你要逃去哪儿？”克子问道。

没有讽刺的意思。因为父亲不可能跟自己往同一个地方逃难，而且克子也深信这是理所应当的，所以才这么问。只是对父亲会去哪儿逃难有点兴趣而已。

“你有可以逃难的地方吗？”信子继续攻击道。

亮作缩了缩脖子，脸上浮现出困惑而又似笑非笑的表情。

“我哪里都没必要去吧。皇军差不多该开始整体反击了，没准现在就已经开始了。让敌人用物资建一个半永久性的机场，我们再把机场夺回来。虽说会花点工夫，但要想节约物资就必须这么做，作战都在按计划进行。”

日本的反击也是亮作的反击。他的脸上现出那么一点点得意的光彩。这是他能实施的唯一且执拗的反击，是他的报复。

克子对这种孩子气的报复不感兴趣。

“那，你不逃难？”克子只追求自己感兴趣的事。

“因为没有地方可逃呀。你又不是不知道什么叫死要面子。”

“有什么关系嘛，我就是想问问。”

“光问问就很不识趣了。”

“可是人家想问嘛。”

“问了又能怎么样呢。”

“不是要托人保管这些书吗？谁能帮他保管这堆毫无用处的废物呀，你说这不是挺有意思的吗？”

亮作从龟壳中探出头。

“人需要梦想，没有梦想就活不下去。哪怕知道分文不值，也要把希望寄托在梦想上活下去，你们是不会懂的。等这场仗打完了，我就又能跟书在一起生活了。时代会变，可能我这种老书生也会通过考试，在新时代东山再起。虽然很傻很荒唐，关键还是要把希望寄托在梦想上活下去。”

“什么呀，真没意思。”克子马上就予以否定，“等仗打完了，考试通过了，你也该退休了啊。哪儿还有什么梦想？”

“克子你没有梦想吗？”

亮作说话很淡定，但那种弱小而执着的反抗则畏畏缩缩地轻轻抬起头来。

克子轻声咂了咂嘴，掸掉了这小小的反抗。

“你是看不起我吗？当然有了。我这个年纪的人能没有梦想？到了爸你这种年纪，还成天想着什么要通过考试呢。后年连我都要拿到中学教师资格证了，虽说我从来没想过要当什么中学教师吧。”

克子这番感想并没有什么深意，却粉碎了亮作的勇气，使得他丧失了言语和反抗。

亮作想，无论如何都要把书保住，似乎这是抵抗两个女人的唯一手段了。他也是真的非常爱惜书本。

他终日只挂念着书本。

“我想拜托总经理您一件事。”亮作求野口。

“其实吧，是关于逃难……”

“您要逃难吗？挺好的呀，最好趁早，您要去哪里？”

“不，这个嘛……”

“是去您夫人的姨妈家里吧？听说她老人家相当富裕。真是羡慕您呀，您也让我这边沾点光嘛。”

“嗯。我让妻子和女儿去她那里避难，不过对我来说那边就有点远了。”

亮作隐瞒了家庭不和的真相，他不想让任何人知道。

“您说什么远不远的，这可是持久战呀。得去有物资的地方才行。我是因为有这家小破工厂才没法想走就走，真悲哀呀。我真想躲到乡下，吃一肚子新鲜的美食，把这些烦心事儿都忘个精光呀。”

“其实我有个不情之请，我想租用您家伊东别墅的一丁点地方。”

这出乎意料的请求让野口脸上霎时间失去了笑容。没过多久，野口露出了苦笑，摇了摇头，说：

“我没法答应您啊，那边就四间窝棚，光我们一家人住，就快住不下了。”

“轻井泽也行。”

“那边我租给别人了。”

野口撒了谎。

他在轻井泽和伊东都有别墅。这是他多年来的梦想。夏天在北方的山庄避暑，冬天在南海的别墅迎来新年。

这梦想轻轻松松就实现了。

轻井泽那里房子无人居住，野口就低价买下了，是一座中产阶级的气派别墅。

伊东那边没有价钱合适的别墅卖，所以野口买了块带温泉的土地。那块地在平原深处，成年男性从车站至少要走四十分钟才能走到，三面环山，只剩下中央一点点平地，几乎没有人烟。

田地里一直有温泉涌出。野口就买下了这露天温泉和周围两百来平方米的田地。

伊东车站附近人口密集，已经没有发展空间了。未来的繁荣跟未开发地区的发展息息相关。越往里走，泉质也越好。

虽然现在这里还是个人烟稀少的死胡同，等战争结束了，人们有了游山玩水的兴致，就没有什么地区能比游乐地区发展得更快了。野口深思熟虑，连土地带温泉都买了下来，打算以后建个大旅馆，边赚钱边泡温泉。因此现在只凑合盖了个小别墅，留了人看门、种田、喂鸡，拿来当战争期间的营养补给基地，也是个一石二鸟的战略。

然而，在伊东车站下车后，还要走四五十分钟路才能从这片有尽头的原野到达山脚下。 就算日本打了胜仗，全国上下疯一般地蓬勃兴旺，伊东的繁荣能不能蔓延至此也是说不准的事儿呢。也正因如此，野口才能以这么便宜的价格买下这两百多平方米带温泉的田地。

野口也曾经招待亮作去过这处别墅一次。

因为是临时凑合，所以就随便盖了盖，只有四间房。鸡棚有两间。大一点的养着二三十只鸡，小一点的就废弃着。亮作走投无路，就想起这间鸡棚来了。反正有地方放就行，亮作已经破罐子破摔了。

“我记得您家还有一间鸡棚空着吧？”

“啊？怎么了？”

“是有一间鸡棚空着吧？”

“噢，您说鸡棚啊，是空着呢。您提这个，有什么事吗？”

“您能把那鸡棚租给我吗？”

“鸡棚！”野口饶有兴趣地看着亮作，“您是说那间小的，没在用的鸡棚是吧？”

“当然就是那间。我怎么能拜托您把正在用的屋子腾给我用呀。”

“那个小屋的话，只有一间，四尺五寸，也就是不到一坪[1]大呀。您要拿它来干什么？”

野口注视着亮作，兴味愈浓。亮作被这种眼神盯着，简直就像只快要融化的鼻涕虫似的，就快眯起眼睛一脸哭相了。然而他

---

① 约 3.3 平方米。——译者注

那弱小却执拗的反抗又微微抬起了头。

“没，那个，我就是想转移一下我那两千来本书。虽说也有别的值钱东西，但是我从来没想过要转移财产。打仗嘛，我要死守岗位。我不会离开东京的，我打算贡献出自己的一份力量。我手头的家产也不会动，打算一起带进坟墓。可是书籍是文化财产啊。我这些书又是特殊的专业书籍，有些书是没法用金钱来衡量的。这个嘛，每个人看法不一样，这些书如果保留下来，也会有人高兴的，而且应该也会给后人派上用场。这么做不是为了我呀，我这一辈子庸庸碌碌，可是我起码也想做一件能被后人赞扬的事呀。虽说也不过是临死之前的感伤罢了。”

这话惹得野口不高兴了，他若无其事地微笑道：

“这可了不得，这么国宝级的东西可不能寄放在我这里。我这人吊儿郎当的，可没法负责帮您保管。”

“不，不需要您负责。”

“不行，不行。即便您这么说，您试试看要是被战火烧了，或者弄丢了呢？被后人唾骂的可是我呀，他们会说野口为了自己那点破烂东西，害得别人托付给他的国宝级书籍都被烧了。要是这些书这么有学术价值，应该托文部省或是大学这种地方保管呀。这么棘手的高级东西，实在不能跟我这种凡人、我们这种悠闲的家庭同居呀。虽说看起来像是在为难您，但我实在不能答应您。”

亮作无语了。野口对他消沉的模样投去慈爱的目光。

“我说，梅村啊。您是不是有哪里没想明白？活下来才能谈别的呀。我是不知道您手里有多贵重的书籍，恕我无礼，您身为小学老师，不，您别多想啊。您既不是大学教授，又不是专业学者，就您收集的那点书籍，但凡有点学问的人书架上就多的是。您可不能逞强呀。我知道，您这辈子的感情都放在这些书上了，可是现在在打仗呀，活下来才能谈别的呀。碍事的书本就卖掉吧，用卖书的钱在偏僻的小村买间小房之类的，准备好逃难的地方才是明智之举。我不是在为难您，您要是想转移书本的话，那间鸡棚我是绝不会租给您的。不过，如果您要是为了以防万一，想事先转移锅碗瓢盆、被褥铺盖，事到临头好逃难的话，我就把那间鸡棚让给您。”

亮作在泫然欲泣的脸上撑起微笑。

“不，不用了。我没考虑逃难，我打算跟国家共存亡，这是我最后能为国家做的事。而且，日本是不会输的，最后一定会打赢，虽说不知道还要过多少年。到时候我留下的书，总会有几本派上用场，这样我就满足了。其他我也没有什么好留恋的了。”

“梅村，战争就像万钧雷霆一样，不饶人的。就算你有那么点不服输，有那么点顽固，也是派不上任何用场的。”

“不，会有用的。只是时间的问题。我军已经做好了秘密武器，一旦敌人得意，发起总攻，我军就会用撒手锏一举取得胜利，这是我军的既定战略。”

亮作嘴中都泛起了白沫，喷着无数的唾沫星子说着。

野口微笑看着亮作这副样子，像是佩服到五体投地了。

“要是被褥、衣服、锅碗瓢盆，那我能帮您放鸡棚保管。您就尽量事先分散一下吧，毕竟是必需品嘛。至于书籍，您就趁还值钱的时候卖了吧。不过，说不准回头还能烧了来取暖呢。”

“嗯，烧来取暖呀。战国乱世那会儿，人们还烧过皇居的围墙和身为国宝的佛像来取暖。没办法，老百姓嘛。我的书可能也会遭受同样的命运。”

野口越来越佩服亮作了，他摇摇头，不打算再说什么，转过头去。

信子和克子过年放假去了姨姥姥那里，给学校寄了一份诊断证明，就没再回东京。

三月十日那场空袭把亮作和野口的家都烧没了。不过，命保住了。

亮作一直相信大本营公告[①] 和报纸上主张经济繁盛的言论，因为之前空袭受灾程度轻，所以就没当回事，连防空壕都没建。不过，他住的那一带往下挖两下就会冒水，轻易也建不了防空壕。

亮作连一件财物都没能抢救出来。话虽如此，能保住小命也真是不可思议了。

空袭那天晚上，飞机开始投弹，处处烈火弥漫，空袭警报渐渐响起时，亮作还没穿好衣服，轰炸弹巨大的下落声就开始逼近了。即使如此，他也还不知道空袭有多可怕，所以只穿好了衣服，还把一小包现金绑在了肚子上。

到了外面，火舌已经越来越近。眼前是一片火红，灼热的烈

---

① 太平洋战争期间，日本官方对大本营的战况所发布的公告。大本营即中日甲午战争起，至太平洋战争期间日军的最高统帅机构。——译者注

风飞速吞没了大地，一团团热量忽然砸在他的脸上。他发出了悲鸣，一下子跳了起来，疯狂地哭着往下风方向奔跑。

他完全不知道逃跑的路线。幸好他跑得快才保住了命。他一直被火追着，被火挡着，只顾一个劲儿地四下奔逃。而且幸好他逃到的那些地方都没有足以给他安全感的结实建筑，也没有防空壕和开阔的公园，所以他才能侥幸得救。

他还没有意识到自己已经跑了多远的距离，就已经站立在海岸边，迎来了黎明。

自己家已经烧光了。在崩塌的瓦砾之下，还有仍保持着书籍形状的灰烬，所有的书都烧没了。东京还有很多房子幸存，日本各地还有更多房子幸存，但他已经无家可归了。

短短半天，他看过了无数烧死的尸体。看习惯了，连停下脚步的心情都没有了。然而，看到自己家的废墟，还是忍不住悲从中来，泪流不止。这一带路上和防空壕里也遍布着焦黑的尸体，但站在各自房屋废墟前的，却只有他一人。

野口的家和工厂都被烧了。亮作去废墟那边看了看，只见野口夫妇和孩子们像从坟墓中爬出来似的，脸上和手脚上都沾满了泥，僵立在那里。

大家默不作声，转过身来，就连出于礼貌的微笑都没有浮现在脸上。

“都被烧光了呀。”野口低声说。

听得出来他什么都不想说，心情糟透了。

“我也都被烧光了。剩下的只有我现在身上这套衣服。”

“有命在就万幸了，振作点吧。”

阴森的表情，声音中满是怒气，但听在亮作耳里，却饱含着人情味。

亮作想要抱紧野口，但光是握着野口的手就已经用尽全力了。这份熟悉感让他感到心口都快裂开了。他呜咽着，好几分钟说不出话来。

“振作点吧。”野口温柔地把手放在他的肩上。

“我是个笨蛋。”亮作抽噎道。

“现在说这种话也无济于事呀。你看见那一大堆尸体了吧，聪明人多半也都死了。”

野口心情还是糟透了的样子。他跟死搏斗过，这可怕的一夜全用来挣扎逃生了。

亮作也忘不了被死亡追逐的这一夜有多可怕。然而，事到如今，活下来却是更可怕的事。

“请您把鸡棚租给我吧！我已经什么都没有了！我是个笨蛋！”亮作玩命地抽噎着，继续叫喊道，“请别丢下我一个人！求您了！我光是想想就要喘不上气了！仆人也好，长工也罢，我什么都干！求您带我去伊东！求您让我住在鸡棚里吧！”

野口的孩子们都大吃一惊，挪开了眼神。

“您的被褥和衣服都没转移吗？”

“没，我，我不需要。我害怕一个人！我只要有个能挡风遮雨的屋顶就足够了！求您别把我留在这么恐怖的地方！”

“我们当然得互相帮助了。不过，您不用去您夫人那边吗？

看来您是太激动了，什么都忘了吧。那边不光有屋顶呀，应该还有被褥和锅碗瓢盆呀。您夫人在等着您呢，她应该很担心您吧。”

“不，我必须干活儿！如果总经理您不要我，我就活不下去了！”

“我的工厂被烧了，伊东只有间小破房子。我已经不是总经理了。”

“求您别丢下我！”亮作疯了似的呜咽道。

野口皱着眉，别开了脸，然而又转念一想，低声说道：

“总之我还要一个人留在东京四五天，处理工厂最后的事宜。有些事可能也需要你帮忙。之后会怎么样，你我都不知道。我会去其他地方的工厂做事，也就当一个普通工人吧。”

他回过神，开始挖废墟和防空壕，翻找东西了。

买　卖

亮作得到了野口的允许，在鸡棚住下了。铺了地板，用木板做了围墙。靠着灾民的救灾物资和他人给的东西，亮作好歹过上了最低限度的日常生活。他身上有现金，却不在食物以外的东西上花一分钱。因为没有毛巾，所以泡了温泉以后，就在浴室里一直站到身体风干为止。野口的家人没有同情他，也没有给他援助。

“梅村，您考虑一下把东西善加利用如何？擦身体不一定要用毛巾，就算什么都没有，也不可能完全没有替代品可用。您看，比如说您成天到晚缠在腰上那块包袱皮，那块包袱皮不就可以拿来当毛巾用吗？”

野口家一直传言说那块包袱皮里包了大量现金，不知道有多少。

野口继续嘲讽亮作道：

“您一直拿我家的柴刀削铅笔吧。虽说柴刀是用来劈东西的，如何？您削得好吗？您跟我家人说一声他们还是会借您小刀的呀。不过小刀没几个钱，不如您买一把？我看到有些店铺还有卖的。”

“不，我不买，我不想买。并不是因为我舍不得钱，这对我来说是一段宝贵的经历。虽然我那些总结了考古学的资料和重要文献都被烧光了，但我发现了比文献更好的资料，就是让我现在的生活回归原始时代，把这段经历作为资料来进行实验。以往的学者都是从地底下发掘石器时代的遗迹，我现在打算从现实生活中发掘，这也符合八纮一宇① 的精神。发掘遗迹充其量是美英那边的科学，我这则是学问的真髓，是最后唯一符合日本精神的实践。不做到这个地步，就不会明白考古学。而且，就像我在考古学方面发现了通过日本精神来取得胜利的方法一样，美英的科学思想终究也会败给日本的复古精神！在日本全境化为焦土以后，美英的科学思想反倒会被日本抓住弱点。日本的胜利不远了。”

“原来如此。您是要体验石器时代啊，原来如此。您没有毛

① 意为“天下一家”。——译者注

巾呗，我记得您沐浴后都是靠太阳晒干身子的呗。不过容我说一句，石器时代人们不都生吃东西吗？叫什么贝冢[①] 的。不过我们吃的东西也没有调味料，跟猪饲料没什么两样，可能不比石器时代好到哪儿去。那时候不还有穴居一说吗？住鸡棚多奇怪呀，您需要居住在防空壕里才行。”

亮作无语。

野口恶劣地继续说道：

“您应该赶紧穴居。搬到防空壕里住吧，您应该体验一下真的石器时代，拿鸡棚充数可不行呀。”

亮作无力地笑了笑。接着，他嘴中又堆起了白沫。

“您说得对，不过这事急不来。因为我们早晚都会穴居的。日本会成为一片焦土，这里也会被烧毁，或者被炸飞，大家会相继去穴居的。这事不用刻意去做，只有在自然而然形成的状态下才能体验到真理。”

“真的假的？”

“当然是真的。”

“石器时代有毛巾、被褥、衣服这些东西吗？”

“当然没有了。”

“那您为什么穿着衣服呀？给灾民发放的毛巾您也不应该收，您为什么收了呢？”

“没事，这不要紧。”

---

① 古代人类生吃贝类，丢掉的贝壳就堆成了贝冢。贝冢里不仅有贝壳、野兽和鱼的骨头，还有破损的石器等。——译者注

“为什么呢？您这不是背叛了这种难得的自然状态吗？”

“没事，不要紧的。早晚有一天，就没东西可接了，到时候，大家都会裸着身子。”

“即便如此，日本还是会胜利吗？”

“日本一定会胜利。‘有’这种思想倾向就应该灭亡。‘无’的思想是不会输的。”

“当然了，没什么能比‘无’更糟了呀。”

“不，‘无’会灭了‘有’。”

亮作无力的双眼中闪着诡异的光芒，中的毒似乎越来越深了。

美军对日本各个都市的轰炸大致告一段落，夏天来了。

由于美军即将登陆伊豆半岛（尤其是伊东地区），人们可说是闹翻了天。这里地形本来就适合登陆，又是铁路的终点，于是一些好像煞有介事的流言就传出来，说敌人要把这里当成基地，向东边打到首都去，于是当地的人们也开始相信这里就是双方在日本本土的第一战场。

仿佛是从侧面证实这一传言似的，有一个师团[①] 在伊东四周的山上到处挖洞，想偷偷藏起来埋伏着，等着敌人上岸。亮作也被强制拉去用吊网搬运沙土了。

山鞍上的小道从伊东延伸出来，通向四面八方，小道上挤满了搬着财物打算逃离这本土第一战场的人们。处处可见有人在用亏本价甩卖别墅，却没有人买。

---

① 日本军队的部队编制单位之一。比旅团和团大，比军团和军小，人员大概在六千到两万左右（根据时代有所不同）。——译者注

野口也放弃了。就算伊东不是本土第一战场，太平洋沿岸离东京这么近，迟早也会变成激战之地。这附近整片山、整片海肯定都会喷出烈火，整片天空肯定都会飞着导弹。所有的房子、树木都会被炸飞，只剩下放眼望去被掀了个底朝天的土地。住在这种地方，简直就是自杀。

出人意料的是，因为野口自己在轻井泽还有别墅，所以很轻易就放弃了伊东的别墅。野口只能在被炸飞前卖掉别墅，躲到轻井泽去。就算便宜，也比白白被炸飞强。虽然别人家的别墅都没卖出去，但他很有信心能把别墅给强行推销出去。

野口冥思苦想:亮作那个从不离身的包裹里到底有多少钱呢?

“梅村，我们打算撤到轻井泽去。您不考虑考虑买下这别墅吗？带土地，带温泉，只收您一万日元。简直就跟白给没两样，不过是卖给您嘛，一万日元我就出让了。”

亮作一直在外搬沙土，对城里的情况了如指掌。

有别墅的那帮人乱作一团，他们把别墅和带不走的东西都以超低价甩卖了。即便如此，也没有人买，因为镇上的人都深信敌人会登陆。亮作并不是不相信，他只是因为没有这些东西，才能保持淡定，看着所有的人渐渐迎来穴居的命运。

亮作一直想要有一个自己的家。当时他的家被烧毁，最难过的就是无处安身，不过现在也没有那么悲伤了。因为成百上千万的同胞都跟他一样了。然而，亮作并不是不想要。

亮作想着，如果自己以超低价买了别墅，运气好的话，说不定能避开战祸。到时候他现在的命运就整个反过来了，他可能是少数有家的人之一。

跟镇里的别墅不同，野口的住处在平原的尽头，孤立在田地之间，说不定有可能免遭轰炸。说不定，他可能会成为这镇上唯一有家的人。

这么想来，亮作又对人生重新燃起了希望。

然而野口开的价太高了，他憎恨野口如此狡猾。

“比这大十倍的气派别墅才卖五千日元，就算这个价钱都没人买。想想也是，一两个月以后，别墅就会被炸个灰飞烟灭。租住一两个月顶多也就一百日元房租，你的房子也就三十日元吧，三十日元都算贵的了。”

亮作残酷地笑着。

“您别开玩笑了。我这别墅跟那些会消失的别墅可不一样，我这可带着土地和温泉呢。就算几十吨炸弹炸下来，也不能把它们怎么样。”野口皮笑肉不笑地还嘴。野口心想，看来他身上没有一万日元，这价钱可能太高了点儿。于是又看似愉悦地继续这场专横霸道的谈判。“您可别多心呀。打个比方，光是别墅的话，即便是玉楼金殿可能也没有人买。现在我们被敌人逼得山穷水尽了，对我们而言最大的财产是什么？不用说，就是能自给自足的土地呀！是田地，明白吗？现在虽说是这种情况，但是等以后恢复和平了，田地就会跌价。到时候什么能卖高价呢？这片土地上首先排在第一位的不就是温泉吗？伊东镇上可能家家户户都有温泉，但温泉的数量是有限的。而且，这里的温泉可是自喷温泉呀！伊东可没有几处自喷温泉呀，那些大部分都是用泵抽上来的。把现在最大的财产和未来最大的财产合二为一，而且不管是空袭还是舰炮轰炸，这都是绝对不变的财产。这卖一万日元还太贵吗？我是跟您熟才这么便宜就让给您。不管是谁，听了这一万日元的价格都会扑过来的。而且，要是素昧平生的人，我也不会一万日元就卖了的。恕我直言，您现在家也烧没了，一无所有，我是想多多少少为您尽一份心呀。一旦咱们分开了，就不知道还有没有机会再见了。于我而言，这是最后的友情。虽说我非常想把别墅免费送给您当临别的纪念品吧，可惜我的家也被烧了，没法这么大方呀。”

“就近代战争的登陆地点来说，激战后都是满目荒凉，山的形状，河流的走向都会改变。没有草，没有木，没有鸟，没有虫，什么都没有。伊东镇在哪儿，应该都找不到了吧。您这块地到时候没变成河流或是沼泽就不错啦。想要以温泉镇的身份复活也得花个二十年吧。那时候，估计我都已经死了吧。”

亮作又残酷地笑道。

“这样一来，日本就亡国啦。”野口反击道。

“日本会在失去一切后取得胜利。回归太古，到达太虚，新世界的黎明将会出现。日本是太虚，是太阳，是新世界的盟主！这是《记》《纪》[①]里预言过的，是历史的必然！”

“但愿如此吧。话说梅村，就算您藏在洞穴里过日子，人也得吃东西才能活下去呀。在洞穴里过日子可没有配给拿呀。没有

---

① 指《古事记》和《日本书纪》。——译者注

自己的田地，您要怎么办呢？这块地可是既有鸡棚又有鸡呀！就日本现状来看，岂不是跟王侯贵族一样吗?！首先，我要是把这别墅卖给了别人，您就会被从鸡棚里赶出去。可没有人会打包把您也买下来呀。”

这一下戳到了亮作最痛的地方。如果真有人来买，亮作难免会被赶出去。

然而亮作没有退缩。

“好啊，请吧。请您去找别人买吧，不必顾虑我。我好久没去听戏看戏了，我还真想看看拿一万日元买这房子的人长什么样子呢，就让我最后乐一乐，从鸡棚撤了吧。”

看来一万日元够呛呀，野口想。自己凭着街边摊抬价的手法先定了一万日元，确实太高了，这个价钱不会有人买。因为不担心被赶出去，亮作才会有机可乘，如此嚣张。

“那我就真的卖给别人了？”野口脸色微变。

“嗯嗯，请吧。我都快忘了乐是什么滋味儿了。”

“有人出五千日元，我拒绝了。不过，我也不想拿命换钱，所以比起被砍价，我更怕耽误时间。您好像认为别墅接二连三在卖，不会有人买我的别墅，在这大战的生死关头，也有精于算计的商人呀。我也是相当震惊了，居然有到处买别墅的人。”

“我之前听过类似的事。不过，就我听到的而言，更像是到处捡别墅而不是买别墅呀。因为没必要到处买，很多人都扔下别墅逃命去了，据说只要给点搬家费，他们就会很高兴地卖给你。”

看来大家都知道了。野口恨那些人恨得牙痒痒，但主要目的还是做成这笔买卖，哪怕能卖贵一分钱都行。

“您好像又误会啦。别墅当然是免费的，但我这钱不是别墅的钱，而是田地和温泉的钱。”

“这样的话，就一千日元吧，这价可能还高了点儿。”

“这田地跟温泉才值一千日元?！”

“嗯，一千日元。”

“您是怎么算出这个价钱的呀?！麻烦您教教我，我学习一下。”

“假设敌人两个月以后登陆，别墅两个月的租金是六十日元。要是敌人四五天以后就登陆的话，这些钱就全赔了。等到两个月以后，这里有十几年都会是荒芜的沙漠，土地和温泉也不值钱了。值钱的只有这三十来只鸡，还有现在田里长的那些蔬菜而已。这些按贵了算，加一起最多也就一千日元。如果还没吃完敌人就登陆了，那也就全赔进去了。考虑到这些再折半的话，五百日元应该合适吧。”

“您又砍掉了五百日元?！”

“嗯，是这样。就算这样我还嫌贵呢。”

“您还要砍?！”

“嗯。”

“砍到多少?！”

“也许明天敌人就会正式打过来。也许今天晚上，不，大岛[①]附近已经能看见敌人的舰队了，说不定下一秒空袭警报就会响。”

---

① 指伊豆大岛。位于伊豆群岛北部，是伊豆群岛中最大的岛屿。——译者注

“原来如此，所以呢？”

“免费。”

“您要免费拿走是吗？哎呀，我真是荣幸之至。不巧，到时候我得吃鸡跟蔬菜，不能双手献上。”

“我一千日元买了吧。”

“哈哈，您要买是吗？出一千日元呀。”

“嗯。要是我刚买下敌人就登陆了，也就算我倒霉。我不能放弃，放弃了就输给这场战争了。虽说这一千拿来当鸡棚的租金是有点贵，不过都拜托您照顾这么久了，就当是给您的谢礼吧，我就不再杀价了。”

“原来如此。真是受益匪浅，居然有这么多种算法哟，我真佩服您呀。不过我很奇怪，您怎么就没再往上爬一爬呢？您能按照自己的想法，把一千日元的东西定成十日元，自己还能把这笔账对上。您是一个能把方的说成圆的，还能把道理解释明白的人。就算您把白的说成黑的，也肯定能证明其中缘由的。您这么会算计，怎么一辈子就这么穷呢？梅村，您明白为什么吗？您为什么会穷呢？您明明想怎么算就怎么算，是吧。因为呀，您那一套算法只对您自己有用。世人不吃您那一套。方的就是方的，白的就不可能是黑的。”

“不能按照公式来，因为现在在打仗。世事难料，这句话您该不会忘了吧？”

“您又用世事难料这种巧妙的说辞来轻易下定论，编出一套自私自利的话来哄骗人了。不过，这样人生就太没意思了。对吧，我打个比方，您买了房子，就算不是战争时期，房子也可能在哪一夜失火烧掉。您买了温泉，温泉可能会因为地底发生变化，突然冒不出来水了。您买了牛，牛可能第二天就死了。要按这个道理讲，五千日元的东西不都能说成一千日元、五百日元、免费吗？不过，按道理讲，确实也有可能免费。因为买下的当天，就可能烧了，死了。我说您，不能仗着这种道理来为人处世吧？”

“不，能的。是您把平时和战争时期搞混了，做了假账。这是一个大家丢掉别墅逃命的时代，是一个所有的东西都在渐渐失去价值的时代。您算的这笔账才是自私自利呢。”

亮作的眼睛散发出诡异的光芒，嘴巴抽搐着喷着白沫。他近乎疯狂地确信着。

野口不慌不忙，错开了争论的焦点。

“我是这么想的。只要日本没有灭亡，人类没有灭绝，战争结束以后，我们的希望就会寄托在我们所拥有的东西上。如果一无所有，就悲哀至极了。因为谁都说不好以后还有没有给我们薪水，给我们粮食的机构跟体制呀。要是一无所有，就只能像过去的野武士[1] 那样靠当强盗谋生了。您这把年纪，强盗也做不了啦。我可不是在跟您开玩笑呀。只要是日本人就肯定会感到这种不安。到那时候，如果有田地和温泉，哪怕强盗横行，也偷不走田地和温泉呀。在这场悲惨的战争中，拥有田地和温泉不就是生

① 日本南北朝和室町时代的农民武装集团。他们一般潜伏在山野之中，抢夺物资，参与战斗。——译者注

存的价值吗？这房子也不一定会被毁呀。就是说，房子可能会被毁，可能不会被毁。人必须要有梦想，有梦想是很快乐的事。不过，我这可不是给梦想开价。这田地和温泉是五千日元，面积有六千坪，这一坪还不到一日元呢。恕我无礼，您这一辈子，如果不是战争，做梦都不会有六千坪的田地和温泉吧。这可是人皆称羡的温泉呀！是只有少数阶级才能拥有的奢侈品呀！别的我就不多说了。请您自行选择您的命运。五千日元我就卖。您要是不愿意的话，那就算了吧。”

亮作从不离身的包裹里有七千多日元，这是他在野口手底下做事这五年来攒的钱。如今一切都靠配给，基本上不用什么生活费，信子和克子有姨姥姥的资助，也不跟自己在一起生活，所以亮作就迅速攒到了这么多钱。

他最害怕的就是老后孤独一人。这份恐惧的根源来自他一无所有，他自己也非常清楚自己没有才能。而且，他已经五十岁了，更何况，他一无所有。

他觉得自己无论如何都要买下这处别墅。能拥有房子、田地甚至温泉，简直太棒了！说不定只有这犄角旮旯的房子能免遭战祸，他自己也真的觉得这房子会有幸存活。

就算房子没了，只要有这片田地在，他就能度过安稳的晚年。

如果他没有钱，他可能会为了买下这处别墅而去当小偷。不巧他正好有能买别墅的钱，所以才不想掏钱。他感觉很失落，像是这笔钱要被骗去、要被偷去似的。

不过，即便如此，有房子、有田地、有温泉也没什么不好。

自己从没想过会有这一天。亮作期待得快要上天了。美妙的人生，美妙的战争！

他那要哭不哭又皱巴巴的脸上浮起了暧昧的笑容。

“那，我两千日元买下吧。”

“您说什么呢，我要不是着急逃难，也不会这么点钱就卖了呀。现在五千日元能买什么呀？我不该跟您这样没有房子也没有土地的人谈这个的。我也是一路摸爬滚打才终于得偿所愿，拥有这处别墅的。您要是想用一点点钱来玷污我的别墅，我还是放把火烧了它更好。”

“我这不是玷污，我没有钱。”

“那就请您别再说了。没钱的话，就没什么好谈的了。”

“那我们三千日元成交吧。”

“谁跟您成交啊？”

“我只有这么点钱。”

“所以我都说了，要是没钱，您就别再说了。”

“您真卑鄙。”

“我怎么了？”

“您既然跟我这种住在鸡棚里的人谈买卖，就应该把成交金额控制在我能接受的范围之内啊。”

“我不跟您争。您要是律师，杀人犯该有多开心啊！恐怕小偷和诈骗犯都是正当职业啦！债权人倒成了罪人了。”

“您是要嘲讽我才跟我谈这笔买卖的吧。若是如此，您可真就是罪人了。”

“被您说成罪人，也比被您称作善人来得好。”

“您给我尝一点甜头，让我满心期待，又把我推落到谷底。之前没有希望的时候，我还能满足于鸡棚的生活，像这样把我一把捧上天，又推我下来，我就没有之前那种平和的心境了。您害我绝望了。就像是折断了我的手脚再把我甩开，然后命令我：来，干活吧，活下去！您这是要把我怎么样啊？”

“我不会对你怎么样。我只会卖了这片土地和房子，撤到轻井泽去。”

“那，两千五百日元，请把一半土地、一半房子、一半温泉卖给我。”

“等我找到另外一半的买主吧。”

亮作皱起脸，肆无忌惮地掉起眼泪来了，他哭诉道：

“我已经忘了那些悲痛的过去了。不忘掉那些悲痛的过去，如何在鸡棚里活下来呢。我拼了命努力，才总算习惯了这跟蛆虫一样的日子。我不顾脸面，终于建立起了一种没有希望也能活下去的心境。这些就是我全部的财产。您拿走了我全部的财产，于是那份早已忘却的悲痛，不，比那还要更剧烈的悲痛砸进了我的心里，这悲痛就像火球一样在我的身体里滚来滚去，疯狂乱窜。就像三月十日那场可怕空袭的火焰烧着我的后背，步步紧逼着我！我该怎么办才好？！比三月十日那场空袭还要可怕的舰炮轰炸声正在我脑海响起。整个天空布满烈火，山摇、岩碎、地裂，到处都喷着火！所有人都抛弃了我，我已经走不动了，我该怎么办才好呀……”

亮作喉头哽咽，突然哇的一声哭倒在地。

野口不知怎的，觉得亮作有些可怜。野口心想，虽说三千日元只够拿来当临别赠礼，不过别墅迟早都会被毁掉，以三千日元卖掉也比丢掉好。

然而说实在的，野口就算想试着同情亮作也没用。在战争这冷酷恶魔的道路前方，等待大家的都只有命运而已。谁都无法凭借自身的意志逃脱，谁都不知道自己一小时后会迎来怎样的命运，同情别人根本就是不自量力的愚蠢行为。

“哭什么，战场又不是只有这里。或早或晚，全日本都会变成这样。我真羡慕您的处境，还能有机会贵呀便宜地挑三拣四。”

“那，我就豁出去了，一口价，四千日元。请四千日元卖给我。”

“不，不行。五千日元，这是最低价了。我不是在跟您做买卖。五千日元这么亏本的价格，真是亏本价了，我也没法计算是赚是赔。就凭心情敲定的亏本价，也只有心情能缓解我抛下心爱之物的悲痛。我不能坏了心情，我不能像做买卖那样，干那些您砍价我折价的事儿。”

亮作抬起他那张狂乱的哭脸，盯着野口，虽然还有些畏畏缩缩，平日冷笑中的那种阴霾却不见了。

“我要是用五千日元买下来，您今天就能搬走吗？不，请您在今天搬走。”

“今天怕是不行呀。这几天我跟车站商量好了，明天才会把行李送过去。东西已经收拾好了，我们明天下午就搬走。”

“您确定？”

“当然确定。那您呢？打算什么时候付我那五千日元？”

“等您搬走的时候。”

“不，不行。要是您改了主意，我就得推后再走，去找别的买主，我就怕逃难逃晚了。现在您就付我那五千日元吧。”

“不，这样不公平。”

“您这人真奇怪。对您而言，也应该在今天以内趁早办完登记手续才对呀。这样一来，您就是这里的主人了，就可以安心啦。”

于是野口的别墅就成了亮作的别墅了。

第二天，野口把行李送到车站后，提着镐、镰刀、柴刀、铲子等农具来了。

“一套一百日元给您呗？一套木匠工具，连抹泥刀都有。您要是用不着，就在车站前抬价卖了吧。”

“一百日元有点贵。”

“真的贵吗？连桶带天秤，就连喷雾器都有呢。您就算找遍了，也找不到卖农具和木匠工具的地方呀。而且，现在没有比这更贵重的东西了，有备无患嘛。我也想带走，不过您这边要是什么都没有，就算有田地也不好耕种呀，所以我就考虑让给您吧。您要是嫌贵的话，我就拿走了，重点儿就重点儿呗。”

“这些是田地的附属品。”

“那家具就是房子的附属品了？”

“不，是在屋外用的东西。”

“啊哈哈。”

“不扯了，我买啦。”

亮作不情不愿地从包里掏出一张百元钞票。

野口一家走了。

自从野口建了这处别墅以后，女佣房间里就住着一个古怪的看门人。这附近的人都管这人叫“金时”[①]，其实这是一个年方二十四岁的女人。这女人不管长相还是身材都圆圆胖胖的，力气特别大。

金时会种田，但不会做饭。让金时做菜，她就会烧一锅热水，把调味料扔进去，然后米饭也好，蔬菜也罢，不管什么玩意儿都一股脑儿丢进去，再拿饭铲搅来搅去。其他吃的，她做不出来。

然而金时在田里能干好几个男人的活儿，轻松耕完两百来平方米的田。比起搅饭菜，她更喜欢搅粪池。

因为没有哪个男人会品位独特到找金时私会，所以再找不到比金时更适合看守田地和别墅的人了。

亮作对种田一窍不通，就把金时留下了。田地有两百多平方米，收获颇丰，因此在敌人登陆之前，光靠金时一个人干活两人也能过得很自在。

短短一天内就发生了如此不可思议的变化。一无所有、住在鸡棚里的亮作如今变成了真正的富豪。虽说这是亮作就敌人登陆

① 指坂田金时。即金太郎，源赖光麾下四天王之一。——译者注

盘算好的交易，但在敌人登陆之前，他都是别墅的主人，这是不争的事实。

亮作满足了。随后他迈进已经属于自己的房间发呆。战争期间确实有人会在闲下来的时候发呆，而亮作发呆的时间则要更多一些。

金时进了房间，站在他的身后。

“给我买被褥。”

“被褥？”

“还要蚊帐。”

“你没有吗？”

“你不也没有嘛。”

亮作胸口泛起一阵微苦，他还是一无所有。亮作不由得怒气上涌。

“我把我的毛巾分给你一条，这就足矣。”

“冬天会冷的，现在买。”

“背着被褥怎么在战场上逃命啊？”

“我来背。再买顶蚊帐。”

“不需要蚊帐。不久我们就会住在洞穴里了。洞穴里挂不了蚊帐。”

“能挂，我挖一个能挂的洞穴。还要买炒锅和饭锅。”

“我有。”

“太小。”

“不小，四个人都够吃。”

“不够吃。”

“你真笨得可以，那口饭锅能煮一升米呢。”

“得煮三升。”

“你一顿吃得了一升吗？！”

“我一天吃五顿。”

亮作无话可说了。

金时盯着他，目光中似乎含有些许怜悯，语气也仿佛是在劝告他。

“都买了吧，现在很便宜啊。我会少花点儿钱的，把你身上有的钱都拿出来。”

“你要干什么？”

“拿所有的钱去添置东西。”

“你白痴吧。一分钱没有，能活得下去？”

“别担心，包在我身上。”

“收电费的来了怎么办？”

“我会卖田里的东西抵钱，不用你操心。”

“是吗，真的不要紧？”

“不要紧。”

“你买这么多，打起仗来，能带着逃命吗？”

“包在我身上。”

亮作觉得金时的这番话听起来比较可靠，就解下包裹，把命根子拿出来了。还剩下两千多日元。

两人一起去买东西了。

金时先买了一辆板车。这车是人家不要的，已经丢在仓库深处多年了，在翻山越岭的逃难时刻派不上用场。金时之前就看上这辆车了。金时告诉亮作，这车只要修一修就还能用。因为逃难，涨价最猛的就是板车，不过这辆格外便宜。即使如此，这辆板车到头来也是最大一笔消费。买的东西堆满了整辆板车。

“你喜欢喝酒吗？”

“嗯。能买酒吗？”

“我来酿。”

金时买了酒壶和酒杯，买了两个酒瓶。亮作心里有种说不出的感激，他想感谢上天。

“你也喜欢喝酒吗？”

“我不喝。我喜欢吃得饱饱的。”

最后两人买了一套钓鱼工具。

“种田我自己来。你没事做，无聊的话就钓鱼吧。”

“这样啊，不知道能不能钓上鱼。”

“应该能吧，不想钓就不钓。”

“我试试。”

不久后，战争结束了。

亮作在梦里都没描绘过这么幸福的场景。他一直希望跟满满一板车的行李还有金时一起躲在洞穴里活下来，回到废墟上，赶紧开始种田，过上安定的日子。仅此而已，未来就洋溢着希望，更何况还有房有地。

亮作每天都在街上走来走去。他没法安下心来坐着，因为他在孤独的房间中左思右想，很难真切地体会到自己是房子、田地，以及温泉的主人。一旦意识到了，眼泪就不由自主地往下掉，这不像是身为所有者的满足感。于是亮作赶紧出门上街，每天他都在街上走来走去。

街上各种地方发生了小小的变化，这些小小的变化在单调的战争时期是未曾有过的。亮作把这一切都看在了眼里。

这些变化跟亮作沾不上半点关系。没有一点迹象能让他感觉到自己成了别墅的主人。即便如此，他还是很迷恋这些变化。每次这些小小的变化都会让他眼前一亮。他的心在变暖。

有一天晚上，他觉得有必要挂个门牌。

他之前一直没有挂过门牌。没有人会给他写信，他也没有什么信想收。他对过去的一切都不再留恋。梅村亮作死了，再挂一个崭新的他人的门牌吧。这么想着，亮作就喜不自胜。

他敞开窗户，仰望澄澈的夜空，自由畅想着。

战争结束前，他藏在小溪的岩石边，悄悄地享受垂钓的乐趣。那时总是有水鸟在旁喧闹。这是一条有很多小鸟的小溪。

酒也叫水鸟①，这很有意思。把酒这个字拆成两半，就是三点水的水加上鸟（酉）。金时酿的浊酒极为难喝。话虽如此，能酿出来算是酒的东西也行，但大多数时候只能酿出来甜酒。金时有诚意却没有什么上进心，因此酿浊酒的手法也不见长进。每次

---

① 在日语中水鸟是酒的别名。——译者注

酿出了甜酒，亮作就很失望，但也没想过自己来学着酿酒去酿出好喝的浊酒。或许每天喝着好喝的浊酒也会很开心，不过亮作能喝到金时酿的超难喝的浊酒或是甜酒就已经满足了。亮作也觉得，比起一直单调地喝着好喝的浊酒，自己更喜欢有所期待——“这次瓶子里会酿出什么酒呢”。虽然金时做什么都粗枝大叶的，但这种粗枝大叶的地方还透着点纯粹的人情味。对亮作来说，他更珍惜金时粗枝大叶酿出来的失败浊酒，而不是别人酿出来的美味浊酒。

“嗯，水鸟亭，挺好。”

半轮明月挂在了山边。

“水鸟亭山月。嗯，就这个。”

于是，亮作砍了段竹子，用小刀刻了字，当作门牌挂上了。

伊东附近的群山上有无数的洞，这些洞都是战争期间为防敌人登陆而挖的。这些洞不同于防空壕，是陆战专用的，所以特别大，大到能把部队、坦克以及卡车都一起藏进去。

离城市最近的一个洞穴成了乞丐窝。伊东有些地方田里冒着温泉，有旅馆，有渔民街，这些地方都会扔很多乞丐能吃的东西，所以这里就成了乞丐和野狗的天堂。住在上野地下通道里的人们听说有这等去处，一批人就开始往伊东搬，没过多久这里就住了六十来户人家。

其中有一位六十来岁的老爷子，原本是中学（相当于现在的高中）老师。整体来说，或许在这里要饭营养比较全面，所以老人家气色很好，不胖不瘦，而且兴致来了还能去田园的露天温泉里泡个澡，所以老人家仪表整洁，要比战争期间那些逃难的人更干净利落。他们走起路来总是背着桶、军用饭盒、锅和裁缝用具等一整套日用品，这也是用以判断他们身份的标志，不知内情的旅人甚至会把他们看成登山家——还有这么新潮的居民呢！

这位原本是中学老师的老爷子过去一直被大家叫作老头儿，现在却精气神十足，看着像是现任中学老师，而且还很有威严。这份威严主要来源于他鼻子底下的小胡子，还有他那看似在沉思冥想的眼神。充分的营养保证了他皮肤的光泽和精气神，如果没有这份精气神，这份威严可能就要减半了。

他似乎热爱孤独与逍遥，总是扛着一套日用品在大街小巷走来走去。他的脚步安静而沉稳，似乎跟他职业方面的目的毫无关系。不过他偶尔在路上瞥到正在工作的工人，就会念叨道："道路扩建，道路扩建。"

要是他看到路边冒出来的温泉，就会念叨道："温泉涌出，温泉涌出。"

有一次，这位老爷子偶然从水鸟亭前经过。他是第一次路过这里，但他的沉着与逍遥似乎与职业并不是全无关系，他以往应该没有机会走在这种孤立于田园中的水鸟亭前的小道上。

他沉着的脚步忽然在水鸟亭门前停下了。是什么让心如止水的哲人停下了律动的脚步？是门牌。

"水鸟亭山月，水鸟亭山月。"

他反复朗读了两遍，又迈开步子，然后一边走，一边又念叨道：

“水鸟亭山月。哦，是浪曲师[①]的别墅呀。” 他又念叨道，“浪曲师别墅，浪曲师别墅。”

亮作当时在围墙边种田，悄悄地看见、听见了这一切。于是一股说不清是恐怖还是震惊的情绪向他扑了上来。

战争已经结束好几年了。市场上已经能买到各种各样的东西了。人们好像已经忘记了那个给人配给猪食都还欠了一个多月的时代。那个把自家田里的东西视作无上美味的时代也已经过去了。只要出钱就有肉，有砂糖，还有外国的奶酪，连苏格兰威士忌都能买得到。就在几年前，一条沙丁鱼还是令人仰望的奢侈品，如今在伊东的渔民街上，那些晒干的竹筴鱼和鲭鱼连野狗都不会看上一眼。温泉街上那些只动过一筷子的伊势虾菜肴都被扔到了垃圾堆。

住在洞穴里的这一批乞丐越来越接近圣贤之士也是理所当然的。因为他们不操心居住，更何况吃得还很有营养。

只有亮作一个人，不，只有改名后的水鸟亭山月，他得到的，而且一直在拼命守护着的东西只有那一间房子和一小片田地，他的衣食住行跟战争期间完全没有变化。他除了吃自己田里种出来的东西以外，什么奢侈享受都不能有。他没有钱，也没有工作。不，他自负自己是这温泉别墅的主人。说来很不可思议，这种心境应该就叫作斜阳族[①]吧。他已经有了自尊，不可能去捡

① 浪曲是一种主要随着三味线音声高低，通过唱词和曲调讲述故事的表演艺术。——译者注

地上的东西吃，就连找份工作也低不下头来。

他之前就知道在洞穴居民里有一个非常引人注目的老头儿。他也看见过他安静又逍遥地念叨着道路扩建、道路扩建的样子，也听说过他原来是位中学老师。

他刚知道老头儿这个人的时候，也确实觉得心中有种讽刺的满足感。自己前半辈子愿望就是当中学老师，虽然没能当上中学老师，却成了这温泉别墅的主人。而原本的中学老师也不过是洞穴居民而已。

然而，随着战争阴影的淡去，他的生活越来越窘迫，因窘迫而生的悲哀也就越来越浓烈。他比谁都更常想起那个老头儿。这是他心里的一个可怕秘密，而且，他只有这个秘密不想为任何人所知晓。

相较于老头儿安稳的生活，他的生活非常不安稳。没有任何收入，还被税金和捐款追着跑，只能咬紧牙关在世人面前死要面子。虽说他是这温泉别墅的主人，但换个角度看，那个老头儿也能算是这温泉别墅的主人呀。露天温泉是他们的，不光田地，海里的渔场和山野里的牧场也都是他们的，他们能找出所有山珍海味来吃。

然而他看不起乞丐，忘不了自己身为别墅主人的那份骄傲。或许是因为忘不掉，亮作才会如此无可救药。他越来越畏惧心里的秘密——老头儿这个人的存在本身已经把他打垮了。

---

① 指第二次世界大战后，因为世间情势急剧变化而没落的上流阶级，没落阶级。出自太宰治的小说《斜阳》。——译者注

“浪曲师别墅，浪曲师别墅。”

老头儿念叨着走了。他似乎察觉到了在围墙边干活的亮作，然而他对浪曲师什么的好像完全不感兴趣。打乱他那沉着的脚步的，主要是“水鸟亭山月”这个门牌。这一点，亮作也注意到了。

“水鸟亭山月……”

老头儿的身影彻底消失在远方后，亮作忽然念叨了一句。

老头儿察觉到的是水鸟亭山月这个门牌，并不是他这个人——这一事实在亮作心里渐渐复苏了。亮作觉得，这再当然不过了。

“这门牌，不是我的。”

亮作想把水鸟亭山月的门牌摘下来。然而，亮作转到门前看着门牌，又觉得很悲惨，实在没法把它摘下来。想了又想，还是放弃了，怎么也摘不下来。

第二天，门牌没有摘，而他自己被人发现已在鸡棚的旁边上吊死了。

玩具箱

オモチャ箱

オモチャばこ

总体来说，艺术领域存在一些只能靠这门手艺吃饭的人，像围棋将棋这些就需要特殊的天分才能在十四五岁拿到初段。因此有些人虽然在这条道路上有天赋，但让他做点别的事，就比国民学校的孩子还不中用，简直就跟白痴一样。不过也有一家之言认为，这种特殊的畸形儿最多也就能达到四五段，而那些能成为高手中的高手的人，在其他道路上也不会陷于平庸。

就文学而言，偶尔也会出现这种作家。一般世人都容易对艺术的世界抱有迷信般的偏见，认为艺人、艺术家都是一些疯子。就工作性质来说，不能按时，没有规律是一方面，但工作性质本身就是没有规律。晚上工作白天睡觉，不能凭这个就认定人家是疯子。

本来艺、艺术这种东西就不能用家常便饭的心态去搞。我前几天看了将棋名人战的决战，当时塚田（八段）第一手想了十四分钟，于是观战的土居（八段）问他说，像第一手这种不是应该前一天晚上就想好吗？而塚田回答说，前一天晚上就算想好了，跟对手对坐在棋盘面前时感觉又不一样了，因为走法有限，所以像封手[1] 这种基本上心里能有个数，对方走这一手要这样，走那一手要那样，可是就算在心里打好了算盘，一旦面对棋盘，就又会改变主意，走另一手。

我们的工作也是如此。就算心里想好了，写成这样吧，让这个人物这么行动吧，一旦面对稿纸，主意就改了。

主意改了，也就是说前一天晚上想的，前一天晚上的思想事实上是由我们的平常心思考出来的东西，一旦面对稿纸，就没法忍受平常心的浅薄。创作需要的境界是全心全意投入，创作活动本身就是如此，如果按照预定计划来的话，这就不是创作活动了，而是在制作工艺品，就算能做出很优秀的工艺品，所进行的也不是名为艺术的创造活动。艺术的创造通常是从计划范围之外的地方开始的。预定计划本身属于该作家既成的个性，既成的力量，然而艺术本身是一种自我的创造发现，它必须跳出既定计划，创造发现一些无法预测的东西，才能实现自我的充实。

因此从事办公室工作的人处理事务都很有规律，上面这种方法无论如何都是行不通的。因此就算生活不规律的现象是作为一种工作性质而存在的，这种现象也是因为工作性质而导致的，从事该工作的人本身并不具备这种性质。据说猪本来是非常喜欢干净的动物，日本人却把猪养得特别脏，把一切脏东西都收拾到猪圈里，以为猪圈就等于垃圾场，然而事实并非如此，猪本来就有洁癖，平时时刻惦记着清理猪圈，保持卫生的都是猪。也就是说，

---

① 封手是棋类比赛中的一种规则，指当比赛超过一天时，前一天对局结束的时候，轮到的一方要将想要下的棋步写在纸上，等到第二天棋局继续时才公布封手的棋步。

文人这种东西就像日本的猪，虽然出于工作性质，没法不杂乱无章，但原本为人可都是一丝不苟，不过，怎么说呢，唉，算了。

文学是一种靠人执笔的工作，因此从事文学，好歹要通晓人性。围棋将棋这行除了天生对此有天赋的人，还能有一些白痴性质的专家。然而应该不存在白痴性质的通晓人性的作家。不过偶尔也是有的。也许用“白痴性质”的说法不合适，不过总之，有一些人一旦去干作家之外的工作就只能做到马马虎虎，没法做到触类旁通。人们容易把鄙人想成这种人，但他们想错了，一般容易被同行评为“那个小说家（那个诗人）完全不适合做实际性工作”的人，往往并非如此。诗人这种东西很奇怪，平时作一些不现实的诗，写一些厌世的诗，但多数诗人自身的癖性则比从事办公室工作的人还要现实。文学本身就是发自人性的产物，因此其本质也应如此，文人墨客这个词不可能用于近代文学的文人身上，因为他们的本质比世俗之人还更世俗，更现实。

三枝庄吉是日本近代文学的异类作家，这是他小说宣传用的固定说法，然而就我所知，他是日本唯一一个只会写小说，其他一窍不通的作家。

他的小说好比一种诗，令他的创作活动得以运作的根是诗魂，因此他是一个除了苦思冥想、贫穷、流浪以外没有任何赚钱才能的无能之人。然而你要是以为他不通晓人性，那你就错了。他把人类洞察得深刻而又精确，因此，他虽然活得很梦幻，却比世上的普通人都实际，都现实。他花钱大手大脚，本质上却是吝啬的，也就是说，他生来就具备一种人的执念——比节俭力行的世人更心疼钱，心疼东西。不过，他有守财奴的执念，却花钱如流水。为什么说近代文人是实际的现实主义者，那是因为他们通晓人性，因为通晓人性，所以也通晓自身，“知晓”人类的执念执迷，也就说明自身“拥有”这些东西。因此，如果人类是复杂又执着不舍的生物，那么近代文人也都是复杂又执着不舍的生物，然而他们同时也花钱如流水，经营着像梦游一样的梦幻人生。

总的来说，像我们这种穷困文人，偶尔兜里有点钱就会想赶紧把钱花掉。若是多达三个文人聚在一起喝酒，各自兜里都有钱，一到结账的时候，肯定是最穷的那个争着抢着要第一个掏钱。鄙人就总这样，意气风发，豪情万丈地说着“别别，今天这钱怎么着都得我掏”，所以就遭了报应，一摸兜里钱不够。等到自己手足无措垂头丧气像是哪儿还装着钱似的把兜里摸个遍的时候，本就有钱的文人就会十分安静而缓慢地从怀里掏出厚重饱满的钱包。三枝庄吉这伙人也不例外，他们总急着抢先掏出自己的钱包。然而，这伙人其实比谁都了解贫穷的不易，钱财的珍贵。所以这伙人钱包里的那些钱就跟长了脚似的，争先恐后跑得飞快，真可谓天不遂人愿。每逢天一亮就开始后悔，一旦老婆问“没有米饭也没有萝卜根，今天吃什么呀”，就双眼发光狠狠瞪着自家老婆，好像老婆才是诅咒自己的恶魔，然后蒙上被子，抱着胳膊，把脸别过去。

庄吉来来回回搬了很多次家。长的半年，短的三个月，因为付不起酒馆、米店、房租的钱，他最害怕印字袢缠[①]，因为害得他

① 袢缠是日本平民在江户时期穿的一种服装，主要为手工艺者等劳动人民穿着，是一种工作服，上面印有商号或家徽的袢缠就是印字袢缠。——译者注

来来回回在东京各地跑来跑去的那点欠款基本都是穿着印字袢缠的大叔和小哥来讨要的，而且这些人还骑着自行车。那些骑着自行车，“乘风破浪”般向他冲来的印字袢缠就成了他恐怖的种子，因此他乘上汽车，一路冲向目的地，到了地方，扭扭捏捏羞羞答答地让该地的主人帮他付车钱，人生所到之处都不得不使劲儿卑躬屈膝，而且还很费钱。有钱人没必要坐汽车。

他老婆跟他的贫穷正相配。他老婆以贫为友取乐，虽然绝不是发自真心喜欢贫穷，但自然而然也就习惯了。这是为了庄吉的小说。

他小说的主角总是他自己。他写自己的生活。然而他在小说中写的不是他现实的生活，而是他理想中的生活，他希望中的生活。不过，他不能写“想变成有钱人”这类做梦都不会有的空谈。因为作家是各自人生最精确的预言家，所以他自己都不能原谅自己有这种“不再贫穷”的空想，艺术不允许这种空想。在他的小说里，他总是贫穷的。四处搬家，甚至连夜逃跑，甚至在别人家吃白食，在鬼泪村[①]、风祭村这种地方，藏进自酿酒店的酒窖里，成功举办夜半酒宴或是不成功，跟收债人交好，甚至跟十恶不赦、顽固无情的大叔一战，使对方大吃一惊或是被对方吓了一跳，他的老婆总是欢欢喜喜站在第一线，揶揄自家没出息没能耐的死鬼，自己却吹着口哨在山林原野中闲逛，在小溪边梳头，在流水中浸润双足，心无俗念。

---

① 牧野信一的小说名称。——译者注

因为自家老婆有几分这种天赋，庄吉就把她这几分天赋写到了小说里，又因为庄吉这么写，他老婆自然就向这方面发展，因为他老婆自然向这方面发展，庄吉就写得更勤了。写法虽然没有上限，但现实中的人是有上限的，因此如果超过了这个上限——就算小说里是这么写的，但人却已经做不到了——就会引发悲剧。

仔细想想，他的小说也已经到达上限了。他那种“我希望如此”的愿望写作风格已经到达了顶点，或者说是到达了谷底，因为小说已经无法支撑与现实之间的差距，他就得在艺术方面寻求转机，突破自我，重新打好小说的根基，把小说跟现实建在同一片地基之上。然而要是简简单单就能办到的话，悲剧也就不会发生在艺术家身上了。

☆　　☆　　☆

在庄吉的小说里，从没出现过一升装酒瓶这类货色，基本上出现的都是四斗樽[1]，还涉及过酒宴，大家都认为他是文坛第一酒鬼，其实他却是最不擅长喝酒的男人。

他体质本来就虚弱，也不可能大口大口喝酒。不仅如此，酒精都能为他的意志所控制，如果对方先喝醉了，他心理上就会产生压力，怎么也喝不醉，说上吐下泻就上吐下泻。如果对方是那类他不善交往的人，他就更喝不醉了，还上吐下泻，五次喝酒有四次喝不醉，一个劲儿地又吐又拉。然而不幸的是，他是那种不

① 四斗约等于72升。——译者注

喝醉就跟人说不了话的胆小鬼，就算心里一直在盼望有人能来和他交流，也必须借助酒精的力量来敞开自己封闭的心扉，要不然就会一筹莫展，得上抑郁失落的毛病。因此他就像家里要来客人似的，让老婆匆匆忙忙跑到酒馆，早上来客也买酒，深夜来客也买酒，在每家酒馆都欠了一屁股债，不远千里四处奔波，像敲医馆大门一样来回敲酒馆大门，等到邻近的酒馆都不赊给他酒以后，他就连夜逃到新的地方去。没办法，这是他人生的输血之道。

他是个阔少爷，因为他的灵魂在贫穷之中也彻底保持着高雅。

他同时具备了一双贴合近代作家本质的“鬼眼”和日本传统的文人气质。他心里明白，小说这种东西只不过是商品，而艺术是一种超越世俗的高雅异质的东西，是特定人士专属的像特权一样的东西，因为他在这方面向来有着自己的矜持，又秉持着这种骄傲而活，所以灵魂即使在贫穷之中也能保持高雅。然而正因如此，他的小说才成了带有文人气息的玩具，正因如此，其小说根基与其现世之身相脱节的倾向才会加剧。

也就是说，因为他自己比谁都清楚自己在贫穷生活中仍维持着高雅，所以他才故意不按逻辑出牌，扼杀了“鬼眼”，在文人趣味中堕落盲目，他的玩具是特定人士的玩具，他一个人的玩具，顽固并带点工艺品的性质，而艺术那原本属于全人类的生命之光却渐渐暗淡模糊了下去。他到了四十岁，日子过得越来越穷，同时他的小说也越来越“在形式上”趋于高雅，不久就因为形式而面临了束手束脚的危机。

因为他扼杀了“鬼眼”，所以小说才不自然。他的小说虽然带有幻想色彩，但已然扼杀了“鬼眼”和“鬼眼”的幻想中应有的东西，以及他原本的艺术里必须有的东西，尤其是扼杀了“鬼眼”，偏执于那些带有文人趣味的幻想。因此他的小说不过是自慰行为，而不再是能真正拯救他、提高他的东西了。

他一直拿他最珍贵的财产—— 一个装橘子的纸箱来抵押房租。这个纸箱里装满了他这辈子的小说。他不是什么流行作家，只出了两本单行本，所以这个纸箱（装满了他从报纸杂志上剪下的小说）就成了他宝贵的“爪迹”。他没有了这箱子，就像没有了自己似的慌张失措，整个人阴郁消沉。一个叫栗栖按吉的后辈——出道没多久的三流文士——同情他，就给他付了欠下的房租，把纸箱拿了回来。庄吉大喜，自打那天开始就把纸箱放在枕边，深夜醒了就在纸箱里翻检，沉迷于自己的旧作之中，每天早上醒来就开始高声朗读，喝醉了就把老婆叫到自己身边，接着又摆出好笑的动作开始朗读。他最忠实的读者是他自己，然后是他自己的老婆，原本她也是他的忠实读者，他的崇拜者，她在上学的时候拜访了庄吉老师，自那以后就发展到恋爱、结婚，因此沉迷于他的小说很久了。自那时候开始，她就成了小说中不可或缺的人物之一，她又因为非常喜欢小说中的自己，就决定变成那个样子，于是现实中的她就跟小说中的她越来越像。艺术模仿自然，自然模仿艺术。这也是因为小说中存在能让她认可的现实性，所以不管多么具有幻想色彩，小说的根基中都必须包含现实性，在现实中扎根，然后伸展枝条，开出花朵，这才是虚构。

然而自家死鬼近来的小说越来越得不到老婆的认可了。也就是说，单从作家的根基来说小说就已经跟现实逐渐脱节了。

他很爱自己的老婆，不过他还是会出轨。出轨的原因也在意料之中——一个在学生时代曾拜访过他的崇拜者成了酒吧的女招待。有一本叫《新东京风景》的书，是几十个文士合著的，庄吉接下了日本桥这部分，在探访中偶然遇见了她，自那以后每逢喝醉就会去她那玩命求爱。然而她已经不再是原来的她，要是有钱的绅士，还能去住个三天七天的，而庄吉连在酒吧喝酒的钱都没有，只能带着后辈和徒弟们在关东煮店喝酒。一旦看到后辈和徒弟们身上还有些钱，就说："我带你们去那儿！你们跟我来！"然后把人都带到她那儿去。因为带着同辈和前辈在女人面前就耍不了威风，所以才要拉着后辈大耍威风，然而在娼妇的世界里，没钱还爱耍威风的男人最遭她们鄙视。庄吉心里还打着算盘，觉得对方好歹在学生时代崇拜过自己，但对方早就把这件事忘得一干二净，如今扯上这种烦人关系，更加不高兴了。可是庄吉只要一喝醉就坐车到她那儿去，神志不清地求爱，然后被对方轰出来。然后催债的厨师和书信又来得毫不留情。即便如此，他只要一喝醉就又跑过去，三番五次没完没了。当然了，半点成功的希望都看不到。

要是事情就到此为止了，倒还不要紧。他还有一个跟他同乡的徒弟住在附近，这徒弟的妹妹有几分性感妩媚，承了他的情在杂志社当文员。自那以后他每逢喝醉了就跑到他这徒弟家砸门要酒喝，还睡在那里，就算人家的老妈就睡在旁边，他也毫不顾忌地爬到妹妹的被窝里。要是被轰出来，他就不屈不挠地又爬进去，一直折腾到最后筋疲力尽自然而然瘫软为止。这边同样也没有成功的希望。

之后他又去拜访一个新入行的女作家。因为他写过文章表扬这女作家的小说，两人就认识了。这女人是流行作家的小妾，但庄吉只要一喝醉，就闯到人家家里。每逢喝醉就必定跑到某个女的那里——这逐渐成了他无可奈何的，一场宿命般的梦游了。

要光是梦游远征还好，他老婆有个还在上学的妹妹，刚上小学四年级，个子很高，体形已经接近大人了，是个自家老婆无法与之相比的性感美少女。这女学生有一晚在他家留宿，不巧刚好是夏天，他家只有一顶蚊帐，一家人就睡在一顶蚊帐里。那天晚上庄吉错就错在不该喝醉，他梦游越过了自家儿子的睡床，翻过了自家老婆的阻碍，直朝那女学生进击。就算被老婆揪着领子抓回来也不屈不挠，就像道风之蛙[①]一样，折腾了三个多小时也没有成功，直到天色渐明终于被疲劳击垮，这才收场。然而，要是事情就到此为止了，倒还不要紧。

出轨是人之常情，不能拿喝醉了当借口。他本来该用冷眼来看待出轨的事实，让这双冷眼成为小说的根基。他具备这双冷眼，却认为这双眼睛本身是低俗之物。他把自己和自家老婆捏造成了梦幻世界里的主人公，却没有这双冷眼来做依据，因此这梦

---

① 平安时代中期有一个叫小野道风的书法家，他在成名前曾经想过要放弃书法，但因为一只不断努力终于捉到小虫的青蛙而学会了不要轻言放弃的道理，从此成了有名的书法家。——译者注

幻世界里没有真实的生命，也没有血没有肉。他老婆已经越来越不认可自家死鬼的小说了。

出轨是人之常情，就算他出轨，就算他喝醉了夜袭其他女子，他也的确是一个灵魂高雅气度不凡的人。他装作看不到自己原本的本性，特地塑造出美轮美奂的梦幻世界，事实上却将人生视为卑俗之物，打算给小说中的人物赋以自身真正的人格，然而，如果没有坚实的依据作为自我本性的参照，就不可能创造出有血有肉的人格。他是一个高风亮节的人，因此就算爬上小姨子的睡床，他老婆都还认为他具备高尚的品格。然而他小说中的人物就欠缺了使人认可的现实根据，正因为他自鸣得意地把玩具箱翻倒过来，随意捏造玩具的人格，才让小说出现了裂痕。因为她已经不再是自家死鬼的忠实读者，所以随着对小说角色的怀疑蔑视，也就开始怀疑蔑视现实中的自家死鬼，她看他的眼光已经扭曲——就连他那高尚的品格都像是胡说八道，靠不住的假货。

庄吉已经四十岁了。他一直非常相信自家老婆，爱她，把一切事情都交给她办。可怜的他越来越习惯让小说的根基脱离现实的基础，把那对冷静而严格的“鬼眼”封存起来，将其排除在外，随着这种习惯的加深，他反而只从自身现实世界的表面去贴近他的虚幻世界，越来越分不清梦境和现实了。

他从杂志社领稿费。催债的逼他还钱，孩子的学费和饭费都没有交，老婆一直在家里等着他回来。他对学费和欠款的忧心程度不在他老婆之下，他也想把怀里的稿费平安无事地交给自家老婆，然而一见到朋友们，怀里的钱就像上文中所说的那样，仿佛长了脚似的急着往外跑，真是揪心。想说再喝一杯就好，却往往喝醉，两杯、三杯、十杯，来，今夜不醉不归！把这个也叫来，把那个也叫来，到处打电话，把后辈们也叫到一起，大耍威风，购入一把体育竞技用的标枪，高声朗诵着他小说中的人物——布尔金常爱吟诵的诗句，装成雅典市民，装成雅典运动员回自己家。怀里早就一分钱都没有了。老婆背过脸，跑到别的房间里哭，边哭边切着明天早上味噌汤里要用的洋葱，然后又掉下泪来。就算自家死鬼再怎么喊“老婆”她也不回应。

他当然把这种悲痛都看在眼里。他甚至要比自家老婆还更在意贫穷的难受、欠债的悲哀，以及孩子的学费。然而就像他的小说从根本上成功地与现实绝缘一样，在他的现实生活中，他要是不能成功地跟这些事情绝缘，就无处容身了。他把追债的看成拉曼确绅士①的风车怪与其战斗，向小姨子求爱也是将她比作托博索的杜尔西内亚公主②。他明明从未相信过自己小说宣传用的那些固定说法——什么孤高的文学，吟游诗人的异类文学，却成功地做到了扬扬得意，成功地认定了“老子就是这种类型的作家”。

他虽然在小说根基与现实根基完全脱节的小说世界里玩耍，却没有注意到这种自我欺骗的存在。不仅如此，他还成功地做到了只从现实世界的表面去贴近小说世界，于是他越来越热爱自己的作品，成了自己的忠实读者，沉醉在自己的作品里，成功地

---

① 拉曼确是西班牙地名，这里有许多风车。西班牙作家塞万提斯的《堂吉诃德》中的主人公堂吉诃德自封为堂吉诃德·德·拉曼确，在此地大战风车。——译者注

② 堂吉诃德幻想中的梦中情人，其实是邻村的村姑。——译者注

蔑视并无视了自我现世之身的卑微恶俗。他就算不愿意，也必须沉醉在自己的作品之中，不然就无法在这现世之身的苦闷中咬牙活下去。

同行和批评家如今偶尔还会在《文艺时评》的角落随便写上五六行孤高的文学、异类文学等固定评价——这也是为了赚钱，所以大家就不辞辛苦地凑合凑合随便写那么几句。然而他能欺骗所有人，却再也无法骗过他老婆了。因为他老婆不仅用头脑读懂了，还切身体会到了，她凭借亲身经验确定了其作品和现实在根基上相分离的事实。

这时发生了一件事，让他老婆终于忍无可忍。

☆　☆　☆

他们在一栋整洁干净的公寓住下了，公寓名叫疑雨庄。这公寓的老板娘是别人家的小妾，想挣点零花钱，就缠着自己老公弄了套公寓，背地里则是为了出轨。她老公非常能喝酒，每天晚上都要喝上一升酒，那方面又不行，老板娘从小是当艺伎的，不满足于狭小的环境，又是个贪淫好色的女子，所以一直很有技巧地和公寓的某些客人玩乐。

每次她老公过来开始喝晚上这顿酒的时候，就会说："咱们今天把那位客人也喊过来吧。"于是庄吉也被邀请一起喝酒。老板娘是个二十七八岁的美人，因为以前一直是做艺伎的，所以没有黄脸婆的味道，散发出浓厚的情色气息，丰艳而性感。她一声声喊着三枝老师，又是热情招待又是献媚讨好，把庄吉得意得都快不知道自己是谁了，自那以后，他醉酒后梦游的香闺就变成了公寓老板娘的房间。喝醉了就开始大闹特闹，明明平常声音细得跟蚊子叫似的，这时候却用洪钟般的声音，像啦啦队一样狂热乱舞。真不知道这么瘦小羸弱的身子是如何发出这种声音的，脸上像镀了一层电镀般闪着光泽，一面拿手打着拍子，一面粗着嗓子又是礼赞这位妇人，又是向这位夫人求爱。因为声音在小公寓里听得一清二楚，所以老板娘一边说“哎呀老师，您夫人会听到的”，一边又故意大声说话，明送秋波。庄吉也就越来越得意忘形，说道：

“我实在讨厌我老婆，一年到头就知道剥剥笋，切切洋葱碎，哭个没完，从早到晚都是这样，每天也吃不了几百根笋，所以她就用了妖术，一根笋能剥上五个小时。因为除了这妖术，她这辈子也没有其他本事了。”

话都说到这份儿上了，他老婆可忍不下去了。日本主妇大多兼职做女佣，精力主要放在兼职上，然而本人又不是自愿辛辛苦苦做兼职的，老公没用，老婆跟老公又不能当朋友，就只好忍着眼泪剥笋皮。可这又算怎么一回事？半句不提自己的无能无用，却说自家老婆是黄脸婆，是剥笋的女妖婆。不管哪家死鬼都会因为自身的无用无能把自家老婆说成维持家计的女妖婆，偷偷憧憬那些不能维持家计的风尘女子，这些男人全部是不走正道的阴险鼠辈，正因如此，老婆们才会把所有的娼妓艺伎小妾统统当成敌对国家，这也是理所当然的事。要是看不见、听不着也就忍了，一旦眼睛看到了，耳朵听着了，心里这把怒火收不住了也很正常。即便如此她都忍了下来，结果自己的老公却跟人家去看戏，喝得酩酊大醉，一起热热闹闹地回来，也不去自家老婆屋里打个招呼，就一直在人家老板娘的屋里大声狂笑，让人家给他喂酒。截稿日就快到了，自家老婆已经把空锅弄得叮咣乱响了，他却双眼发光横眉怒目瞪着老婆看。只要老板娘过来说句“老师来一下”，就连忙又没辙又高兴地出门，到了半夜还不回家，等到家已经喝得东倒西歪，小说已赶不及交稿。贫穷排山倒海般压过来。

死鬼的心理很复杂奇怪，他并不招女人喜欢。老板娘能如此轻易把他玩弄于股掌之中，正是因为他在这方面幼稚笨拙，不过是个耍脾气的孩子而已，所以才博得了老板的信任。于是老板娘带他出门，再顺便带上别的男人，让他舒舒服服地喝醉，说句老师我想起来有点事要办、我去买点东西、我去见个人、我去叫个人之类的话脱身，随便找家关东煮店，给他弄点便宜酒喝，玩两个多小时再回来接他。她带出去的男人经常在变，但只有庄吉的情况完全没有变化。最近还越来越低三下四，只要这对男女一站起来说句对了老师，我们忘了件事……庄吉就嘿嘿傻笑着说不用什么事都打招呼，你们走好之类的，真可悲。他明白这种可悲已经渗透到了他的骨子里，然而他就这么点本事——被花心女人的丰艳魔力压得死死的，人家说两句好听的他就乐得绷不住了，回想起来每次都是如此，也真是可悲至极了。又因为这种事也没法跟自家老婆说，所以他表面上威风八面，搞得他好像很受女人喜欢，是老板娘的意中人似的，什么“老婆啊原谅我”，莫名悲伤，感叹这就是艺术的可贵，疯狂迷恋那些完全不基于他本性编造的梦幻故事，把自己完全化身为小说中的人物，流着泪大声朗诵那些作品，到头来却只感动了自己。在他老婆眼里，他傻得不能再傻了。对她而言，自家老公的小说已经一文不值，她骂了句没出息的玩意，你给我等着，然后就失踪了。

其实，他会如此反常地迷恋老板娘，并不是因为爱情或是花心，而是因为在文学方面遇到了瓶颈。女人们对他完全没兴趣，而是利用他来出轨，小看他，践踏他。自己有多可悲，他心里一清二楚。他为那些轻易就能看穿的甜言蜜语而心满意足、喜形于色，像个白痴似的。这并不有趣，也不好笑，只有悲哀。虽然如此，如果一个艺术家在艺术上失去了自信，他的人生就没有半点光明了。下意识地热衷于那些不有趣、不好笑，自己也不想干的事情，这就是所谓的颓废，是丧失自信注定会导致的结果。

他老婆失踪了好几天都没回来。他痛苦不已，感觉整个世界都快颠覆了。老板娘却冷冷地问他："咦？您夫人出轨了？真是看不出来呀，老师您也太没出息了吧，难不成对她还有留恋？"一句句，话里像是藏了毒针，老板娘的本意他也很明白，就是极尽所能侮辱他俩，眼神中还透着半分嘲笑之意。可只要老板娘调戏他一句"老师您不如也出轨吧"，他就一切都不管不顾了，说道：

"夫人，咱们去开房吧。来，走吧！"

老板娘则苦笑道：

"老师，您有开房的钱吗？"

干净利落的一刀。

庄吉宁愿脖子就这么一刀两断，脑袋干脆爽快掉到地上，钻进地里。可这脑袋却非常恶劣地在空中飘来飘去，又是撞到墙壁，又是被推拉门弹回来，还在柱子的棱角上蹭了一下鼻子，苦着脸转了五六个圈。自己明明想闭上眼，塞紧耳朵，一溜烟似的逃走，却有一个像是妖怪的不明生物在耳边不断低语，让自己翻脸反驳老板娘。

“我很穷，我三枝贫穷是人尽皆知的。我是艺术家，我很伟大。我就是穷，我没辙呀。”

自己在说什么呀，乱七八糟的。可是腰使不上力气，感觉身体僵住了似的，想逃都逃不掉，于是自暴自弃，吼出一些自己都始料不及的话。

“是呀，不到死都明白不了呀。”老板娘靠在入口的门上说。

正好有一个男人拿着毛巾和肥皂来到走廊里，这个男人也是那些男人的其中之一。

“哎？什么死不死的！”

“我说不到死都治不好呀。”

“哦，你说那个‘白’开头的词呀[①]。”

“对。”老板娘点头，“不到死都明白不了吗……梶先生，今晚能带我去喝点小酒吗？”

老板娘和男人并肩走掉了。

过了几天，庄吉的老婆回来了。

---

① 日本有句话叫“白痴不到死都治不好”，也就是老板娘认为庄吉蠢得无药可救了。——译者注

没办法工作比什么都难受。正因如此，自己才会陷入这种窘境。还是工作最重要。可是，为什么没法工作呢？女人、酒，都是梦中梦，幻中幻，什么都不是。

因此他给一个叫栗栖按吉的后辈写了封信，信上说目前自己想跟老婆孩子分居，一心投身于创作活动，不知道你那边有没有合适的屋子，尽快给我回信。而按吉回信说不巧没有空房。一接到回信，庄吉就松了口气——他本来就是一时意气用事而已，是那种离了自家老婆一刻也活不了的男人。

“喂，他说没有空房，那就没有办法了。总之我不想待在这里，咱们去小田原吧，我们在那边重新开始。”

“我不想去小田原，去了就没法跟我妈在一起了。”

“那也没办法呀。稿子写不出来，又没别的办法，总之先去小田原专心投入创作，写本杰作！”

“行李怎么搬啊？”

“咱们可以拜托人家，先寄存在这儿嘛。”

“你付房租了吗？”

“稿子还没写出来，之前还预支了薪水，那边估计不会再借钱给我了，我得去小田原，总之，只要不在这个房间我就能写出来，要是能写出来，房租根本就不算事。”

“所以说，现在要是不付算什么事？连夜逃跑？我们还有行李呢！”

“我都说了，你去老板娘那求个情，跟她说说，她会理解的。”

“你去吧。”

“我不能去。”

“你们不是好朋友吗？”

庄吉双手抱臂，神色黯然，不吭声了。

他老婆自己毕竟也刚失踪回来，也想平复一下自家死鬼的旧伤，就说道：

“那我去吧。就算她叨念房租的事儿我也不会在意的，咱们堂堂正正地离开。”

“嗯。行李的事儿也拜托你了。”

老板娘听说了这事儿，突然一反常态，心情大好，马上就答应了，紧接着跑到庄吉这儿寒暄道：

“听说您要回老家是吧。真舍不得您。您要是来东京，别忘了顺道来看看我。您在银座附近给我打电话也不要紧，我会马上赶过去的。哪怕大半夜叫醒我也没事。今天我给您开个送别会吧。”

“可是，我们得赶火车，所以……”

“哎呀，小田原这么近，坐几点的火车不都能去嘛。那老师，我们没有佳肴只有美酒，您就赏脸喝几杯吧。”

“我们得趁在天黑前赶到车站……”

“哎呀，这还是您自己家呢。我说夫人，您这么无情，就有点过分啦。夫人，就一个来小时，行吧，借用一下您家老师。夫人您还要整理行李吧。老师您真是的，太见外了。”

庄吉被拉到老板娘屋里，接受了老板娘的一番招待。由于行李已经整理好了，于是庄吉度过了万分懊恼的一小时。

“已经到时间了，我们走吧。”

“哎呀，菜才刚上齐呢，我们正要开始吃呢，老师，您说是吧？”

庄吉老婆理都没理老板娘这番话，抓着醉眼蒙眬、满脸通红的自家死鬼的胳膊。

“来，我们走吧。”

“你也喝一杯！”

“您看吧，您这么干会被讨厌的。您夫人太不识趣了，是吧老师。”

“我识不识趣不用你操心！你算什么呀！不就是个从艺伎堆爬上来的小妾吗！我是他原配夫人！”

庄吉老婆这会儿莫名其妙地嚣张起来了。庄吉还没有醉到不知分寸，回老家的悲惨还堵在心头没有消去，这会儿他竟老老实实站起来了。老板娘一下子站起来，走到庄吉身后，想给他披上呢绒大衣，庄吉老婆一声不吭，强行夺过自家老公，像是把小个子庄吉抬出去似的，用力把他推到了走廊上。

“老师，我等您来东京哟！来了就给我打电话呀！”

庄吉想回头寒暄一番，却被自家老婆捏着脖子往大门口推，庄吉晃晃悠悠踉踉跄跄冲到了大路上，毫不掩饰地回了个头，已经看不见老板娘的身影了。

“嘁，活该！真痛快！”

自家老婆怒气冲冲，老板娘多半已在屋里捧腹大笑吧。庄吉比自家老婆受到的调戏、侮辱、玩弄、嘲笑要多得多，这点庄吉心知肚明。然而，这只能怪自己，怨不得别人。工作，工作，还是工作最要紧。

于是庄吉回老家了。

☆　　☆　　☆

他母亲一直在小田原的老家过着孤独的守寡生活。她的生活真是既坚强又孤独。她常年担任小学教师，过着男人婆的生活，而且从她跟丈夫结婚的时候，她就习惯了孤独。因为她丈夫是外国航线的船长，大部分时间住在海上，偶尔回家也经常待在青楼深酌高唱，偶尔还把当时还是学生的庄吉带出来，让自家小子在青楼留宿。跟老公每次见个面，就像剑客跟其他流派的人士比武一样漫长，她已经习惯了这种生活。

亡夫的遗产很快就被年幼的庄吉用完了，房子和土地被债主强行征收。执达吏①来了，庄吉逃了出去，过着文学少女和过家家一样的日子。稿子卖不出去，酒店、米店、房租追得他四处逃窜，在别人家蹭饭吃，在各地辗转奔波。庄吉猜想她当了这么多年老师，肯定攒下了不少私房钱，就骗她说孩子病了，向她伸手要钱。但她已经想好了——一个子儿都不给庄吉。庄吉每次被房东赶出来，无处蹭饭的时候，就远远逃到小田原，勉强糊个口，等写出了稿子，定好租处就赶紧走人。两人完全没有什么母子之情，他母亲只觉得庄吉是个超级大麻烦。

不过当时对庄吉而言，有一个极大的希望能够慰藉他回老家

① 执行官的旧称。执行官是法院的员工，负责强制执行判决结果，送达诉讼文件等工作。

的痛苦——东都[1]头号大型报纸委托他在上面连载小说。虽然庄吉最近在报纸连载上赚的那点钱连劣酒都喝不痛快，但这会儿要是抓住了报纸连载机会，尤其是委托他写连载的这家一流报纸的连载机会，他的生活就会轻松许多。

大家都说庄吉的文学是孤高的文学，是斯多葛学派[2]人士，说得他本人也动了心，但实际他心里想法并非如此，他最想要的是钱。因为穷太难受了，所以他心里一直有种带有妄想色彩的看法：志士不饮盗泉之水，廉者不受嗟来之食，钱算什么，只要写稿就好。如果有间安静的房间供自己闲居，能不受老婆孩子烦扰的话，说不定就能忽然写出一部杰作来。

然而他其实有着一双最为冷酷的“鬼眼”，他知道世人把文学看作艺术，是一种妖魔化的、纯粹又神秘的神作而其实没什么大不了。歌德也是因为偶然读了莎士比亚的作品而感动，想着也来模仿一下，就匆匆忙忙写出了一部小说，这部小说成了他具有代表性的杰作。自古以来，许多杰作都是作者想要钱，为了钱而胡乱写出来的东西。巴尔扎克为了赚到享乐的钱而写作；契诃夫为了赶在剧场主规定的苛刻交稿期限前交稿，才苦着脸动笔；陀思妥耶夫斯基甚至按照读者的喜好改变了人物的性格。他们只不过是答应了所有的恶俗交易，同时具备了一种才能而已——能够把这些恶俗交易化为天赐的灵感，化为写作活动的源泉运用自

---

① 江户的雅称，东京的通称。——译者注

② 或称斯多亚、斯多阿学派，是塞浦路斯岛人芝诺于公元前300年左右在雅典创立的思想学派，主张宿命论和禁欲主义。——译者注

如。他们就算答应通俗杂志的最为恶俗的约稿，也能写出杰作。这些道理其实他都明白。

事实上文学就是这么回事。自由是一种重担，很多时候，别人让他自由发挥尽情书写力作的时候，他却不知如何是好。因为他没有多少真正想写而不写不行的东西。因此，每当通俗杂志来约稿，告诉他“就给我写这种东西”的时候，他反而会更容易借机创作出一些独特的作品。因为作家自己一个人想东想西的时候，往往容易困在圈子里，很难走得出去。如果给他一个未曾想到过的线索，他就能轻易跳出自己现有的圈子，开展一些无法预测的活动，同时发现新的自我。因此，什么再也没人吵自己，跟家族脱离关系，尽情书写杰作的念头都只不过是嘴上念念阿弥陀佛。杰作这东西，就算哼着歌，在吵闹的小巷子里也能写得出来。那种在宁静的房间里安稳地坐着就能写出来杰作的想法简直就是一种悲惨的迷信。

同样，不图名利，只尽情本着良心干活儿的这种精神主义也是对文学最大的误解。要想把作家拥有的才能全部发挥出来，就需要精神上的激励。谋求名利就是精神上的激励。如果没有精神上的激励，不管天生有多大的才华，也不可能全部发挥出来。像陀思妥耶夫斯基这样的大天才，一旦作品遭到世人的无视，也会用将近二十年的时间不断写一些愚作，一个劲儿地模仿别人，左顾右盼，完全展现不出自己的力量。他虽然不像那帮落后于社会的人那样自恋，但自恋和自信是不一样的，自信是别人给予的，也就是说，只有自己的才能得到了他人的认可，本人才能真正拥有自信。像陀思妥耶夫斯基这样的大天才也是才能得到他人认可，得到名利以后，才有了自信，才相信自己能发挥出自身的所有才能。

庄吉这样的作家，跟那些对未来充满希望，一心努力写作的无名作家不同，庄吉他们虽然在文坛有一定名气，但不管过了多久都没有出头之日，写的东西基本也变不成钱，拿到杂志社也会被退回来。持续过着这种生活，就会失去自信，茫无头绪，只剩下自恋，无谓地逞强。于是净身慎心，埋头创作，越逞强写出来的文章越废越空虚，只创作出一些脱离自我，唯有小聪明的复杂工艺品。苦心经营一场，最后写出来的都是一些赝品小说。

庄吉具备近代作家的“鬼眼”，也就是物质的、现实的眼力，本来就感觉到了这一真相，也明白这一真相。可是时代的共同认知没有赋予他这份自觉以信念，没有自信，他就会把文人墨客的气质当成一种兴趣爱好去无谓而又偏执地追求。他不可能拿出自信，去洞悉真实的自我、文学的真相。

因此就算庄吉想钱想疯了，也会说一些跟心里真实想法完全相反的违心话，什么不给通俗杂志写呀，写不了随笔呀，人家定的其实自己不想写呀，无用而又空虚地装出一副纯洁的样子。

从东都头号大型报纸那里接到连载小说的委托，庄吉干劲十足，仿佛整个人要燃烧起来一般。可他又因为专注于文人那无用而又虚幻的习性——看到自家老妈，自家老婆，想到孩子学校的事，心就静不下来，白白消耗了自己的干劲，总之先在小田原找个酒馆租间屋子，把日本流行大作家的写作派头先备齐了。可是等这小说上报，稿费进账，又要四五个月，要是那边说写得不好没法刊登，这房租又该怎么办呢？庄吉一心想着这些，小说那边只在苦心推敲，迟迟没有进展。

难得心中燃起了一股干劲，却派不上任何用场；心中这股火苗只忽地亮了一下，却迟迟不见进展；于是庄吉开始怀疑自己的才能，一开始只停留在逞强的高度，后来越来越沮丧，越来越丧失自信，开始无谓的焦虑，最后整颗心就简直像在苦痛中煎熬翻滚一般，彷徨迷失在旷野之中。

本来他最近的作品在根本上就脱离了自我本性和现实，是苦心推敲而成的工艺品，已经达到了极限。他得有一个契机，才能一举突破极限，破壳而出，回归自己的本原，而干劲就是最佳契机，可是他轻易就放过了这天赐的福音，现在还因为这福音而更加焦虑，更加沮丧，把心放空了。

他在酒馆的屋子里徒然地盯着稿纸，表面上却装成大型报纸的连载大作家，接见乡里来拜访他的晚辈们，一起喝酒，喝得酩酊大醉后拼命耍威风，说什么我有的是钱，不用担心，我已经不是原来的三枝先生了，我喝酒感觉会胃胀，喝不了酒，没有威士忌吗，我要喝老伯威[1]。然后烂醉如泥回到家。

自家老婆柳眉倒竖，道：

“你爬到哪儿去喝酒了？！买米买鱼的钱怎么办？！非得每次

---

① 老伯威是一种混合威士忌。——译者注

都找咱妈哭着要吗?!要找咱妈要的话，那你去要吧！不然我就离家出走了！”

“胡说什么！你要有地方去的话，随便！”

然而就心底而言，他的心已经瘦得像一根线了。小说怎么办?已经没有信心再写下去了。房租怎么办，连日的酒钱怎么办?如果借此机会还写不出来，他的文学生命就没有活路了，所以他要找地方来发泄这种苦闷。

酒醒以后，自家老婆的车轱辘话也扎进了自己的胸口。连一丁点买鱼钱都得哭着找老妈要，自家老婆的苦闷本来是他自身的苦闷。不用担心，我去想办法弄钱。于是庄吉写了几篇随笔去了东京，在各家杂志社来回三拜九叩软磨硬泡弄到了一点钱，跟朋友们喝杯茶，横竖连条鱼干都买不起，于是觉得这都怪自家老婆，不由得怒从心头起，白天还十分谦逊地品着茶水，一到傍晚时分，只觉得不喝几杯就这么坐火车走了，实在不好意思。就喝一点点吧，又想算了，现在火车都被下班回家的人挤满了，于是坐了末班车，深夜才到家。酩酊大醉，晃晃悠悠，跌跌撞撞，一身泥泞，一分钱没有，领口边还沾着口红印。

“这口红印是哪儿来的?!”

“啊哈哈哈……被你发现啦！啊哈哈哈……这是疑雨庄的老板娘给我亲上的。啊哈哈……”

其实这口红印是在新桥一家位于偏僻小巷的三流酒吧里，被长着一张食人族大嘴的女人啃上的。人穷则愚，剩下的只有欺凌弱者的施虐癖，大功告成就仿佛很高兴，笑得跟个白痴一样。自家老婆气得跟烧着了一样，手足无措。她不知道自家死鬼和老板娘之间到底怎么回事，再加上十几年贫苦缠身的流浪生活，长年累月的怨恨，一次次的不尊重和轻蔑，这让她再也忍受不了了。

第二天早上，她把日常用品打包好就去了火车站，每一步都像是在踢小田原冷清的街道。她去了东京，找到自家死鬼的徒弟——大学生浮田信之，然后就哇的一声哭了。

上次失踪她找的也是这位大学生，哭了一下就受到他诸般照料，回家还是他陪她一起回的，自家死鬼还跟他道歉来着。然而他还在上大学，不知道这社会最普遍的实情——夫妻床头吵架床尾和，向来外人就不该掺和。他就把她说的话当了真，把庄吉失踪的老婆送回去的时候，还像个小大人似的训斥庄吉，说他招惹上不三不四的女人可太不应该了，把庄吉气个够呛。

本来他就替她愤慨，这次她又去找他哭，他就非常同情她，说你没地方去的话就住下来吧。可是他还是个大学生，也得靠父母养活，也没办法把女人留在家里住。那就一起去旅馆住吧，本来她也有这心思，于是两人就手牵手失踪了。

老婆过了一周也没回来。庄吉也完全慌了，跑到她老家去打听，没找到人，再一找发现老婆跟浮田信之一起失踪了。

浮田的父亲大吃一惊，跪拜在庄吉面前：

“万分抱歉，您要是找着了我家混小子，要杀要砍都随您！”

“别别，我不能这么对待您儿子。”

他当时虽然表现得很沉着，但从那天起，他就陷入懊恼狂乱，神经衰弱，连面容都急剧消瘦憔悴，病弱得像个废人一样。

☆　　　☆　　　☆

庄吉迅速给他的后辈栗栖按吉写了封信。这种时候他想起来的只有这个招人恨的家伙。在疑雨庄那会儿，他老婆失踪后，他也想过要跟老婆孩子分开住。他打算到按吉的住处借间屋子一起学习，因为按吉那里没地方，他才不得不逃去小田原。然而逃去小田原的前一天，跟一阵风似的来访，帮他收拾屋子的也是这个招人恨的家伙。

于是庄吉给按吉发了封快信，让他看到信以后马上赶来小田原，说自己只想看到他，除此之外无法思考任何事情。

然而他这三年来最恨的就是按吉，因为按吉是个招人恨、招人咒的家伙。这家伙原本是个热心肠的人，帮自己找连夜逃跑的落脚处，还帮自己想办法借钱，考虑到每次连夜逃跑自家小子都得转校，他还帮自家小子进了私立小学，这种时候，按吉就是自己的亲人。但他身为后辈，却不懂得尊重前辈。

每次见面，按吉都会批评他的前辈庄吉最近的作品。庄吉一喝多了就爱给自己加敬称，自称三枝先生、三枝老师。于是按吉都会叫他别自恋了。

“你看看你最近写的东西，亏你还能一副老师样，全是一些耍小聪明的假货，你背上的龟壳都快压得你爬不起来了吧？首先就是你那行为，居然从早到晚朗读自己的小说，别干这么可悲的事儿了。”

按吉每次都会说这种话，一定会说。

三枝庄吉怒从心头起，他给他们共同的好友写了封信，宣称那家伙是个自恋自傲的疯子，不知礼数，是文人中臭不可闻之辈。愤怒，憎恶，三年来，恨他入骨，然而无意间，每次苦恼都会想起他来。于是庄吉就忍不住写了封快信。那次挚友大门次郎跟庄吉绝交的时候，庄吉立刻给那家伙写了封快信，那家伙也赶来了，然而按吉来了以后，又马上招他生气。

按吉看到快信立即赶了过来，却被庄吉皮包骨头的样子给吓坏了。庄吉两颊凹陷，脸小得过分，不比按吉的一只拳头大，其中只有眼口鼻还保持着原来的大小，暗沉得跟木乃伊似的，说起话来只有嘴巴跟妖怪似的动来动去。除了眼鼻口以外，就剩下黄浊的皱纹，还有毛发了。

“哟，你终于来了！我很想你，能见到你太好了。这段时间你过得怎么样？你的房间安静吗？能学习吗？哎呀，今天我真幸福。总算见到你了。”

按吉又愣住了。因为庄吉除了喝醉酒以外，平时一向是个阴郁沉默、说话极度谨慎的腼腆之人，感情一点儿都不外露。

庄吉一直劝按吉住下，按吉推辞说手里有快截稿的活儿，硬是给推掉了。他会如此推辞，是因为跟病弱的庄吉说话令他痛苦不堪。虽然栗栖按吉是个完全不火的三流文士，没有什么稿子要赶，然而庄吉听了却觉得十分对不住他——“这样啊”“你腾时间过来看我的呀”“请原谅我”，小脸看似原本就盈满了泪水似的。

不过按吉还是费尽了口舌安慰庄吉。例如，庄吉老婆就算跟浮田一起失踪了，也不一定会发生肉体关系。要是被浮田迷住了才走的就另当别论了，但她是跟自家老公吵架以后走的，这种情况就不同了。按吉自己原来跟一个女孩子谈恋爱，一起旅行过十几天，可女孩子并没有把身体交给他。她这次离家出走也是这种情况，起码肯定不会同意肉体方面的事。对方还是个学生，又是乳臭未干的浮田，不可能硬来的，多半她正为这场极度感伤的旅行感到心力交瘁呢。更有可能失去了回来的机会，想回回不来正烦闷呢。林林总总的，两人或许就算殉情都不会发生肉体关系。世事往往就是这么出人意料，向来只有不惹人注意、不为老公所知的出轨才会发展到难舍难分的地步，这种高调的情侣只是看起来风光，两人反而正在痛苦呢，等等。

然后按吉趁天还没黑，赶紧回家了。

按吉安慰自己的时候，庄吉感觉心里也很有底气，觉得一切都包在对方身上，于是非常放心，连连称是。然而按吉立即就回去了。盼着人来的这段时间还好，然而人已经来了，已经走了。按吉在的时候，这些话还有些说服力，按吉一走，剩下的这些安慰的言辞又算什么呢？不过是空虚的废话而已。自己老婆不在了，跟别的男人一起失踪了。自己又能拿这事实如何呢？

庄吉更加急剧地消瘦衰弱了下去。

有一个爱好文学的青年户波五郎，他自打庄吉小学起，就是庄吉的后辈。他的家刚好跟庄吉家面对面隔着一条街，只要庄吉在屋檐下喊一声喂，就能听到他在对面房子里的回应。庄吉在东京的时候，户波也住在东京，他在一家书店当掌柜，两人关系甚好，几乎天天一起出去玩乐，一起跟别人借钱去喝酒。户波回到小田原后，在车站前开了一家叫杂文堂的小书店，这一年来天天出门。他把店交给伙计管，自己偶尔也会跑跑客户，但经常大白天就开始喝酒，一夜就把营业额喝到赤字。户波也快到连夜逃跑的地步了。

忧心催得人憔悴。这时候最眷恋的就是朋友。虽然跟朋友在一起，有时候会莫名焦躁生气，但心里总感觉很满足，很安稳。

户波是个酒鬼，非常明白宿醉的不安和痛苦，知道人在这种时候会极为眷恋朋友，这类经历对于他自己也是家常便饭了，因此他很同情庄吉对朋友的这份眷恋。只要庄吉在对面房子喂地喊一声，他就会过去，哪怕手头的事都不干也要陪着他。可是他自己除了宿醉和连夜逃跑以外，并没有其他烦恼，也没遇过这种事，不可能去凭空想象出来，所以没办法设身处地去同情庄吉。谁都是如此。当时庄吉话说到一半，突然心烦意乱，捏着和服腰带就往乒乓球桌的桌脚上绑，绑了一个圈，把头往圈里一面塞，一面用力拉扯，念叨着“这样死不了吗”，然后又烦躁地捏着腰带，又把头塞到圈里，使劲拿胳膊往头顶上方拉扯腰带。那眼神简直就像已经疯了似的，混浊发蓝，暗沉而犀利。即便如此，户波也未曾想过庄吉竟然会自杀。

那是在那之后四五天后的事。

庄吉在家里喂喂地喊了好几声，却没有人回应。于是庄吉蹬上木屐，来到了户波家门外。

“户波不在家吗？”

户波的妻子原来是做女招待的，是个非常没礼貌，一不如意就怄气睡觉的母老虎。只听房中传来含含糊糊，带着怒气的回话：

“他不在！”

“他去哪儿了？”

“我哪知道他去哪儿了！”

庄吉就此沉默，回了自己家。户波当时要在家里的话，或许就什么事都不会发生了。

庄吉来到屋檐下的走廊上坐着，一会儿又焦躁地站了起来，往屋子那边走，从客房走到放着乒乓球桌的房间，再走到内屋，毫无意义地快步走来走去，又回到了走廊上，焦躁地坐下了。刚坐下不一会儿，又唰地站起来，走到了他孩子的房间里。

过了十分钟，户波回来了。他听说三枝先生刚刚来找过自己，就没从玄关进去，而是从院子转到了走廊那边。户波总是习惯从院子里转过来找庄吉。

孩子的房间在走廊尽头。这房间刚好很像个阁楼，没有顶棚，房梁裸露在外面，离地只有六尺高。也就是说，这屋子原本是间小仓库，在此基础上加盖了外面的走廊，地板上放着桌子椅子。虽然整体很像西式房间，但没有门，所以人在院子里可以察觉到里面的情况。

户波感觉屋里有人。于是他从院子里往里瞧了瞧，一瞧之下却发现庄吉的母亲——那个曾是老师，威风凛凛又胖又壮实的老太太正用双手一动不动地摁着什么东西。她背对着他，所以他不知道她在摁着什么东西，但她好像一直在摁着什么会动的东西，让那东西保持不动。

于是户波迈上走廊。

“老太太，有什么事吗？”户波说着就走进屋里。

于是她回过头来盯着他，眼里散发出诡异而锐利的光芒。

“傻子死了。”然后她放开一直摁着的东西，走出屋子，说了句，“麻烦你叫医生过来。”

户波往里一看，房梁上挂了条腰带，庄吉吊在腰带上。因为房梁离地面只有六尺高，小个子庄吉的脚几乎碰到地板，就像踮脚站着似的，微微摇晃着。只见庄吉垂着两条长长的鼻涕，血红的眼睛大睁着，散发着诡异的光芒，就像是还活着，像是在发疯一样。庄吉的母亲多半是听到孩子房间里传来异样的声音，就马上起身去查看情况了。户波把庄吉从房梁上放下来，赶忙跑去找医生了。

☆　　☆　　☆

我接到电报赶去了小田原，我到那不久以后，庄吉老婆就回来了。她看到了当天的报纸，知道了自己老公自杀一事。她让我去一下，就把我带到另外的房间，一面换丧服（可能是从衣柜里拿出来的），一面说道：

“那家伙，是存心想折磨我才寻死的。”

“没有的事。人会为了折磨别人干出很多事，但不会寻死。他是四十岁的文士，又不是歇斯底里的小丫头。”

“你骗人。那家伙为了折磨我，什么都干得出来。他就是为了让我难过才寻死的。”

“算了，你冷静一下。”

我转身离开了房间。我很奇怪她会提前准备好丧服。生活过得这么窘迫，什么衣服都偷偷卖掉，为什么她没有把丧服拿去当铺当掉呢？

我会这么想，是因为女人的丧服透着一种奇妙的性感气息，尤其是女人正在穿丧服的时候，令人神魂颠倒。这种莫名妩媚又性感的生物正扑簌簌地掉着悔恨的泪水，说那家伙是存心想折磨她才寻死的。我也因为中了这种性感的蛊惑，所以赶紧逃掉了。真是没脸见人。

我在那之后不久就去京都闲游了。一年半以后，我回到东京。一天晚上，庄吉夫人过来拜访我。她已经自暴自弃到了极点，她成了一名小妾。说是小妾，不如说是妓女，而且还是最放荡的站街拉客的那种。我都不忍直视了。之后我听说她其实是自愿堕落到这种地步的。

庄吉是一个始终在做梦的人。他的文学不光是他的梦，还是他实际的人生，同时也是他的梦。

然而，梦能成为文学有一个前提：这个梦的根基必须在现实生活中扎根，在他站立的现实的地基上扎根才行。一开始是扎了根的，因此他的老婆才会模仿他在梦里描绘的那个她，不久便毫无二致，他们成功地把现实本身变成了梦。

他的人生、文学都像他制作的玩具箱一样，他跟他老婆身为玩具箱中的主人公，却有着他赐予的魔术般的生命，确实，他们比其他活着的人活得更诡异。

然而在我看来，在他的晚年，他的玩具箱翻倒过来坏掉了。他的小说脱离了他立足的现实地基，渐渐在虚构的空间里扎了根，他老婆也渐渐看出玩具箱里的老婆已经不再是自己了。

庄吉自己应该也明白。他老婆的生命其实不过是他赋予玩具箱中的那个她的魔力，魔力消失的时候，她的生命也就终结了。于是只要他一死，她老婆也就会去找男人，也就会去当小妾，也就会成为妓女。

他的“鬼眼”应该早把这点事看透了。然而他总觉得自己的老婆不一样，自己的老婆是不一样的，只有他懂得她这个女人的灵魂。他受这种荒谬的理想论所束缚，而把关键的现实根源给忘光了——如果他死了，他老婆或者会去当小妾，或者会去当妓女。

庄吉呀，如今你老婆已经变成这样了。

我不是要侮辱你，也不是要侮辱你老婆。

人世万事皆如此。

你怎么就忘了呢？你的文学，你的梦，你的玩具箱，都是冷眼直面这些现实，在现实中扎根、生长、起步的呀。现实总是如此冷酷无情，但从这其中，也能繁育出梦想，做出玩具箱。

我望着你老婆那凄惨模样的时候，就不由得想说：“庄吉呀，你看看呀，你为什么忘了看清这现实呢？所以你才死得这么没有价值，傻子。所以你老婆才会沦落到这么凄惨的地步。你输了，输给你老婆这悲惨的样子。你明明有那么一双锐利的鬼眼，这是怎么搞的呀！”

你死得实在是毫无价值，想到这里，我就郁闷得不能自已。

学习记

勉強記

べんきょうき

这是发生在大地震[①]三年后的故事。当时近来极其繁盛的公寓热潮开始兴起，青年儿女们也开始着魔于一本叫《资本论》[②]的魔法书。生活的形式跟内容都迎来了一个巨大的转型期。“近代”或者说“今天”，正要开始。

有一所叫涅槃大学的学校，任何人都能不经考试入学，这所大学的印度哲学系里进了一名叫栗栖按吉的学生，他的外表极其没有存在感，就像烟雾一样朦胧不清。因为他总是戴着高度近视眼镜，神色非常沉着，所以看上去像是正在思考什么问题。总体来说，这种“时常在思考问题”的表情在当时是最不流行的。因为当时的聪明人都不会露出这副表情。请恕我失礼，人类在“最小的屋子”（据说就连丰臣秀吉都没有把那间屋子建得多么大）里，会由于某种魔法般的力量而受一种惊人的心理状态所支配，

---

① 指关东大地震，又称关东大震灾。是一场在1923年（大正12年）9月1日日本时间上午11时58分，发生在日本关东平原的地震灾害，里氏规模高达7.9，又称东京大地震。——译者注

② 卡尔·马克思用德语写作、由恩格斯等编辑的一部政治经济学著作，这部作品对资本主义进行了批判性的分析，对日后社会科学和人文科学的诸多领域有着深远影响。——译者注

不得不沉浸在冥想之中，在这段无边无际的时间里，有时候就算聪明人也会无计可施，露出这副表情。不过只有这屋子不可能同时容纳两个人，所以说实在的，把这副装模作样的表情不知羞耻地暴露在他人面前，实在是丢脸到极致了。因此要是如今还有人无论如何都想看“时常在思考问题”的人，那只能去精神病院看了。换句话说，那里铁栅栏的另一边都是一些想得太多的人，他们这种深谋远虑的性质和容貌得到了承认，接受着幸福的保护。

不过，偶尔也会有机缘巧合的时候，因此人们看到栗栖按吉这一脸深谋远虑的表情，就会夸张地倒吸一口凉气，也就是说，他们认定按吉这副面孔应该属于监狱铁栅栏的那一头。换句话说，他们认为这张脸是“主义人士①的脸”。

偏偏这男人有些地方还不够成熟，也就是说，种种人类都早在几万年前就从大猩猩、黑猩猩等生物进化成了人类，然而仿佛只有这位的祖先，在两三百年前才终于从刚果的热带雨林里逐渐现身似的。诸位也知道，大猩猩、狮子以及蟾蜍等生物，都有着一副深谋远虑的面孔，这副面孔很危险。将他放到了动物园的铁栅栏外侧散养，偏偏又让他在涅槃大学的印度哲学系历尽百般思虑之苦，令他进退维谷，逼得他最后只能突然扔出炸弹，举起手枪一通乱射，这样一来大家就都是这副面孔的敌人了。因为印度哲学系普遍都是和尚家里的子弟②，生性稳健善良，所以对这怪物入学一事感到相当害怕，悲叹当时哪怕会有些神经衰弱，也应

① 这里说的“主义人士”是“二战”前期和“二战”中期的日本左翼思想分子。
② 日本和尚是可以结婚的。——译者注

该去有入学考试的学校。一旦栗栖按吉向他们搭了句话，就害怕得脸色大变，旁人看着都觉得可怜。不过幸好，正如各位读者所知，蟾蜍跟大猩猩是基本不会跟人搭话的。

没人知道，这个叫栗栖按吉的男人至今为止都在哪儿干过些什么。笔者也查了许多资料，用尽办法还是一无所获。当时他二十一岁，这我也是听别人说的。听说紧挨着大菩萨岭的奥多摩山里有一间棚屋，这是往年一个叫伴某的梦想家盖的，他想把奥多摩的高原当成牧场，让牛群从山顶一直蔓延到谷底，所以才盖了这间小屋。然而哪有什么牛呀，干净利落，一头也没有。于是二十岁的栗栖按吉就把这间棚屋租了下来，呼吸山间的雾气，采食树木的新芽，手拿弓箭射杀飞鼠做成火锅。他醒悟到人类一个月光凭五日元也能活得很开心。据传言说，装模作样在深山里散步读书的人就是这个男人。这间小屋没有灯，所以天一黑就只能赶紧睡觉。于是，这男人发现了一个严重的问题：他一睁眼正上方的房梁上每晚都缠着一条蛇，而一到白天蛇就消失了，由此看来，那地方肯定是蛇的睡床。要是蛇由于缠得不够紧，或是做噩梦等原因突然脚，不，肚子下一滑掉下来……哎哟，那真是惨不忍睹。这男人在黑暗的房间角落里一脸认真地懊恼，证明他还没有开悟。几天以后，他伴着风从山里消失了。之后他出现在了涅槃大学，在那之前没有人见过他。

涅槃大学印度哲学系有十三名学生。除了栗栖按吉这个另类，其他人都是正宗的小和尚。

和尚的孩子上了大学，首先要做什么呢？首先要把头发留起来，在头上抹一大堆发蜡，想着：浑蛋，怎么会有帽子这种模棱两可的东西？这时，发生了一件大事。栗栖按吉突然剃了一个光溜溜的和尚头来上学了。这已经算是热爱革命了。十二名同学流下了悲愤的泪水。

真是越来越让人看不过眼了。栗栖按吉戴着一顶跟小学一年级学生一样大的帽子，帽子里面塞了三天份叠好的报纸。按吉进了教室没多久，就把大帽子摘了，因为没有手绢，就从口袋里拿出擦鼻涕纸，擦他那光溜溜的和尚头。

当然，栗栖按吉会剃和尚头并不是因为热爱革命。他有他自己不得不剃的理由。当时已经是初夏了，一天早上按吉突然想到，要是没有这一头长发，肯定会很凉爽。加上他当时有点神经衰弱，感觉脑袋昏昏沉沉的，怎么也不清爽。比起大猩猩和狮子，人类头脑确实要优秀一些，然而从未有人听说过大猩猩或狮子去理发店的，因此头发是该剃短的，不，是该剃光的。这样一来，脑子肯定就会好使一些。而理发店的老板发愁了，剃刀要是剃钝了，就得磨上三天，于是他这么说道：

“我说客人，我可能会伤到您的头哦。因为脑袋这东西是凹凸不平的，就跟南瓜似的，嘿嘿嘿。”

“我会尽量忍忍。”按吉冷静地回答。头有头盖骨。剃光头又不是拿锤子砸脑袋，不用担心会伤到脑子。按吉一脸了然于胸的表情。

朋友轩的老板把头侧到一边倒吸了一口气，下定决心：这个死呆子，你给我等着！我就如你所愿，送你脑袋十来个口子，让你带着回家！

然后栗栖按吉发现了件奇怪的事，他因而慌了神。他发现没有了头发，脑袋反倒更热了——谁会信这种鬼话呀。平常只是出汗，剃了光头以后，汗就从头上奔涌而下，流进眼睛里，淌到鼻孔里，滴到嘴里，积在耳朵里，毫不客气地流入前胸跟后背。整个脑袋就跟水瓶没两样。

人体最容易出汗的地方是哪里？是头！毛发是为什么而存在的？是为了挡汗！啊，不管是医学博士还是生理学者，都不可能博学到这个份儿上，因为他们有头发。不行，我不能再纠结于栗栖按吉的想法了，要不连我都会被视为蠢货了，我得赶紧往下讲。

要说什么老师没有意义，那就要数学生比自己还博学的老师和涅槃大学印度哲学系的老师了。这里的学生两耳之间形成了一条通风的洞穴，老师的话跟风一样，左耳进右耳出。然而老师并不在意，因为老师是说话就有工资拿，而不是教课才有工资拿。

在学习欲望这么淡泊的班级里，要是有一个认真听讲的学生，那会如何呢？其实说来可怜，悲惨得简直让人痛心。这学生在双耳中间的风洞里立了一堵墙，拼命挣扎想要把老师的话给拦下来。然而不知为何，他完全不解其意。一眼看上去，大家都会认为他是个脑袋笨到无药可救的人。首先，这家伙为何要来上学呢？这太……不，这简直了。相较于物质上的贫困，没什么比这种精神上的贫困来得更残忍、更悲惨了。于是老师沮丧到几欲落泪，忍不住想喷出一些话来：学生的本分是什么啊？学校的精神是什么呀？再堂堂正正一点呀，别搞得自己这么悲惨呀，要有崇高的精神呀。

也就是说，栗栖按吉就是这独一无二的悲惨学生。

当然，老师渐渐明白了，这种男人也是有那么一样功用的。在涅槃大学印度哲学系这个地方，有时候老师会故意晚来教室三十分钟，但还是看不到一个学生的影子。也就是说，和尚的孩子们不担心就业，对世袭的职业也没有热情和兴趣。老师是按课时领工资的，在空无一人的教室待上四五十分钟，打盹儿，哼歌，染上风寒。于是一个类似教务科科长的人就把班长叫过来，满怀同情而欲言又止地说什么我理解你们的立场，可是……然后又给他们下了命令，说不如大家抽签来决定谁上哪堂课吧。就是说，每门课程一定要有一个学生抱着慷慨赴死的觉悟出席。不，换句话讲，这是你们学生的义务呀。而栗栖按吉的班级正好不用担心这个。

这帮和尚的孩子布施了按吉，说“老子那就不上喽”，让按吉替他们上课，这样的课有两门，分别是梵语和巴利语。不过按吉却对这两门课程倾注了极大的热情，非常积极地去上课。我一查之下才知道，据说他一天有七八个小时在反复翻看语法书和词典。梵语老师是一个心地非常善良的人。新学期的第一天就面带微笑，温柔地环视了这些新生一周——唯独那一天这群人和按吉一同出席，他说梵语这东西，就算研究许多年，也不会有什么出息。“四五年前有位同学非常热衷于学习梵语，至今还来找我问问题，问我这里是怎么回事，这是什么。这位同学一天到晚都在学梵语。然而梵语到查词典这一步就很不容易了，要查的单词怎么也不从词典里露脸。虽说是梵语学者，大家都喜欢说自己学得不到位。所以我不会强迫大家学习梵语。”老师非常亲切诚恳，费尽了口舌。话都说到这份儿上了，再来上梵语课的人，不是傻瓜就是不知礼仪的无赖。

然而这位老师是个心地善良的人，就算到了第二学期还有一个学生来上课，这位老师也绝没有生气，一直在温柔而面带微笑地讲课，不过还是有几分害怕——因为这个男人会用一副百思而不得其解的表情提出问题，只要这男人一抬起头，张口想说点什么，老师就会吓一大跳，赶紧看向别处。

梵语和巴利语都是晦涩透顶的语言。据说法语动词有九十几种变形，而与梵语相比，这点变形连早饭前填肚子的茶泡饭都算不上。多年之后栗栖按吉开始学习法语了，才有这种体会。哪怕呆如按吉，在被梵语折磨过一番后也变得很了不得。法语才九十几种变形而已，根本就是小菜一碟，简单得不得了。就算不想往脑子里记也会自然而然地记住。因此栗栖按吉对那些想学习法语的人这么说：“你、你你，学、学一年梵语以后再跟法语玩儿吧。那玩意儿不过是早饭前的茶泡饭而已。哎，喂，你。”

梵语的名词和形容词都是随心所欲变形的，不规则到像是每个词都以自我为中心。因此查不了词典。

按吉不知道从哪儿用什么方法弄来一本英国出版、价格高达六十五日元的梵语词典，因为日本没有出版梵语词典。把这词典放大腿上翻个十分钟，膝关节就会嘎吱作响，肩膀就会僵硬，气也喘不匀实。按吉把这词典往大腿上一放就是五个小时。头晕眼花，跟做体育运动似的。虽然要查的单词一个都没查到，整个身体却累得很畅快，感觉自己学到了很多东西。感觉这比记单词什么的要强得多，更像是来了一场实质性的学习，有种肉体跟这词典融为了一体般的无比非凡的感受。

按吉的桌子上放着他辛苦弄来的一本叫《王瑜伽》的梵文书，以及这本书的英译本。他当时已经盯着第一页看了半年，还没有看到第五行。

老师是一个心地善良的人，所以偶尔会安慰按吉几句。这位老师当时笑眯眯地说："再过不久，你就能看懂原文书了吧。"

"我还得再加把劲儿。"

然而对按吉而言，翻个六七个小时的词典，终于查到那么一个单词就要高唱凯歌了。他自己明白再加两把、七把劲儿也看不懂原文书。看到按吉一脸无法释然的表情，老师又加了几句暖心话。

"不不，梵语学到这儿就很好了。"老师笑眯眯地说道，"大家都一样。就算学个五年十年，还是有查不到的词。"

按吉听了这话，心里更没底了。这样按吉更难释然一笑了。老师看到学生脸色越来越难看，就更加温柔地安慰他道：

"梵语还算轻松的。"老师笑眯眯地说道，"说到藏语，我已经跟山口惠海老师学了足足五年了，每个单词都是不规则变形，现在我还不怎么会查词典呢，我不还是在帝大[①]讲课嘛。讲藏语

① 现在的东京大学，原称日本帝国大学，简称"帝大"。——译者注

可费劲了。”

老师在帝大担任藏语讲师。因为老师一直都是笑眯眯的，按吉虽然还是振作不起来，心里却舒坦了许多。因为老师就算不太明白语法，查不了词典，也还在帝国大学讲课。藏语和梵语这种东西，或许就算查不了词典，不会念，到头来也能看明白吧。于是栗栖按吉在词典都还查不明白的时候，就感觉自己能读懂原文书了。

☆　☆　☆

那时，栗栖按吉跟一个不可思议的学者有了交集。

这位学者是位语言学家，毕业于格鲁共和国拉丁大学，据说精通亚洲二十多个国家的语言。名字也非常雄伟，叫鞍马六藏，身高不足五尺，非常像个敏捷的学者。

鞍马老师在追分[①]占领了两间屋子，跟几千卷书籍在一起窝着。每天天一亮，他基本就要用脱脂棉蘸上酒精，小心翼翼地擦拭书籍了。因为最近鞍马老师身上出现了梦游症的症状，老师夜里会无意识地走动，冲着他最宝贝的书架撒尿，尿完继续睡觉。于是老师每天早上醒来都要大吃一惊，用酒精擦书。梦游症先不说，自己居然冲着贵重的书籍撒尿，这真是令他悲痛万分。总之半夜不为尿意所扰就行了，所以老师一到下午就不再喝茶，还在房间四个角落里放了尿壶，然而他还是在无意识间下意识地对书本撒尿，拦都拦不住。他下决心吃生马肉和海狗肉，最后都决定

① 旧地名，今北海道西南部和安平町北部。——译者注

生吃赤蛙了，可因为心里还是无比抵触，两种相反的意愿在一个身体里掀起了一场争吵的风波，这场风波的结果就很暴力了。比起不想被吃的赤蛙，想吃赤蛙的老师内心要经历更慌乱凄惨的一场恶战。

孤独的老师想收一个徒弟。波斯语和安南语[①]这类东西，就算老师自掏腰包也不会有人来学。鞍马好不容易找到了唯一一名徒弟。说到安慰栗栖按吉，涅槃大学的梵语老师都比不上他。

“既然你有这个水平，就说明你有研究语言学的天赋。”鞍马老师测了测他的梵语水平，就大胆地奉承道。他跟涅槃大学的梵语老师不一样，他不露半丝笑容，所以说的话都像真的一样。“拉丁大学的语言学科汇集了全世界的天才，里面有个男学生，才能和你不相上下。你一年多就能学到这个水平，将来能当上日本的梵语学者呀。”

鞍马老师这番话没来由地让按吉感到一切都那么安心。他感觉拉丁大学的天才、安南的哲学家、尼泊尔的国王这些人物仿佛都是自己的朋友。就连鞍马老师自己也觉得，区区日本的梵语学者，哪比得上老子的徒弟呢！

然而鞍马老师转过脸看着按吉，说他非常有前途，所以要传授他藏语。他说二十世纪学习佛教的人，首先必须学藏语。梵语和巴利语的文献已然残存无几，但与佛教有关的文献绝大多数都

---

① 越南语旧时的称呼。——译者注

被译成了藏语流传下来。所以要从藏语来探索佛教，不然就不算是一个真正的二十世纪的学者。

不巧按吉已经快要看透印度哲学了，因为他没什么希望开悟。头发差不多也长齐了，一直想着借此机会跟印度那边断了关系，跟法国、德国这种更洋气的地方合作。就在他对印度这一块已经燃不起半点热情的时候，鞍马老师却说即便是他这种专门研究梵语的帝大老师也不太明白语法，查不了字典。原来如此，字典是为供人查阅而存在的，但词语不是为查阅字典而存在的。查阅梵语和藏语词典有益健康，增进食欲，基本能起到像广播体操一样的作用，但词典却不是以体育器具的名号来售卖的。于是栗栖按吉满头大汗地努力推辞学习藏语一事，但鞍马老师这个人向来不知道别人也有意愿，也有好恶。

“不，你听好了。”鞍马老师说道，“藏语不是为佛教而存在的语言。你应该马上放弃你不感兴趣的印度哲学，然后成为一名藏语学者。本来日本能说藏语的也就四五个人，换句话讲，你是第六个。通晓一国语言，就等于征服了该国的领土和国民呀，你说是吧？”

鞍马老师这番话说得实在太漂亮了。按吉耳根子本来就软，一说征服了语言就相当于征服了该国的国土和国民，那么如果自己跟女人问路，女人要是回了话，这女人不相当于也属于自己了吗？当然，鞍马老师说按吉有可能成为第六个藏语学者，这话绝非空穴来风——他多半也能推测到，帝国大学的老师不太明白语法，也查不了字典。

刚好当时藏语的权威——山口惠海老师发表了一篇文章，根据山口老师的看法，那些自古以来我们一直称作高丽人的朝鲜人是西藏人。如今太秦和琦玉这些据说是高丽词汇的地名源自藏语，神乐、催马乐源自藏语，这篇文章中的语气词“呀”据说也是个下流的藏语词。三番叟[1]是藏语，投投塔拉利[2]整句话也与藏语无异。据说西藏那边如今还在跳跟三番叟基本一样的舞蹈。

按吉觉得，如果就这么听了鞍马老师的一番漂亮话，恐怕没什么好事，可藏语既然跟我国古代文化有着如此密切的关系，不如就放宽心当那第六个学者也不坏。

按吉刚欣然答应接受鞍马老师的藏语教学，老师就干劲十足，把一大堆书本堆到按吉大腿上，说这是教科书，这是词典，这是语法书，这是参考书，这是介绍西藏的书籍，这些全给你。按吉暗自对这些书抱有一丝警惕，因为太臭了。——老师是从书架下半截把这些书匆忙拿出来的，这么说来，这些书已经受过了洗礼。然而学问的精神应该在遥不可及的高远之处，因此即便大腿上的书本确实湿漉漉的，按吉也觉得这些是神秘书籍，所以会出汗。按吉自己说服自己：人们在印度不也用指头尖来擦屁股嘛，所以印度语多少也会有点味儿吧。

然而由于某种不可思议的因缘，藏语真的很臭——老师非常容易放屁。授课途中说句失陪，就跑到走廊，咣一声把门拉上，

---

① 日本传统表演剧目。——译者注

② 能乐剧目《翁》里开头的唱词，语意不详。——译者注

因此老师用何种姿势在走廊放屁，按吉并不知晓。不过老师通常都会迅速放七八个声音洪亮饱满的屁。不管是深夜还是阴沉的雨天，老师这股声音总是饱满圆润，绝不带有湿气和嘶哑感。完事之后老师大概会在走廊来回走个五六趟，等到臭气充分散去再回来，这算是出于礼节和关心而进行的一种散步活动吧。不久老师就会回到屋里，说句抱歉，然后继续授课。

笔者在此必须为日本帝国的国威说上几句：就算帝国大学的老师查不了字典，对日本帝国来说也不是什么羞耻之事，因为即便是拉丁大学的才子也查不了字典。鞍马老师是个热心肠的人，会自己代替学生查字典，就算在按吉面前做上二三十分钟的激烈运动，单词也总不现身。紧接着老师就会说句失陪，走到走廊里放一串屁，在走廊来回走个五六遍，再说句抱歉，抱着字典开始做激烈运动。不出所料，单词还是没现身。

当时按吉认为，藏语词典可能是为学者的健康而制造出来的东西，要是一两分钟就能查到单词，就不符合藏语原本的性质了，于是他也从没把老师的激烈运动理解为老师无能的表现。然而老师总是说句失陪就跑到走廊，在走廊来回走个五六趟，再回来说句抱歉。按吉觉得老师的这份礼节太可怜，太可悲了。于是按吉有一天说道：

“老师，请您放屁不用在意我，这样我会不好受。”

这之后，鞍马老师起身打算开门出去放屁，手往拉门上一扶突然想起按吉这句话来，就转过身说了句“那我放了”，像往常一样对着拉门放了七八个屁。于是这方法就成了惯例。然而栗栖按吉发现了一件能够一口气颠覆以往定论的事，就算是见多识广的风来山人[①] 也会不懂装懂地下定论。从古至今都有定论说，响屁不臭，可是鞍马老师的屁声洪亮，味道能把臭鼬都给熏昏过去。也就是说，老师会在走廊走那么几趟，多半自己也十分清楚这屁有多臭。

老师放屁这件事似乎让他产生了一种意想不到的厌世情绪。

这授课再持续一年的话，恐怕按吉最后就得厌世自杀了。不过多亏上天保佑，按吉捡了一命。

上天的保佑是从鞍马老师失了童贞开始的。鞍马老师在花之巴黎都没失去童贞，对马来的裸女也是闭目无视，堂堂正正守着处男之身平安无事回了国，却偏偏栽在廉价的妓女手上，轻轻松松，一笔勾销了三十几年的童贞。

结果鞍马老师也由于一些原因完全厌世了。（原因如下）

老师对按吉说道：

“我说，你不觉得性交其实没什么意思吗？哪里有什么快感啊。你也这么觉得吧。都把我当傻子耍。我一直深信，只有那个时候才会有一种用尽世上语言都表达不清的神秘的感觉。我感觉，我这辈子都像活在谎言之中。我已经对都市的生活厌倦透顶了。我要回故乡，一个人思考一阵子。”

鞍马老师本身太神秘了，按吉不太理解老师厌世的逻辑和内容。他不明白老师为什么要忍耐三十几年也不去体验这种用尽世

① 指平贺源内，江户中期的人物，多才多艺，身兼诗人、发明家、医生等多职。——译者注

上言语都表达不清的神秘感，也不明白为什么期待落空了就要回老家。老师悲叹自己这辈子都活在谎言之中，但按吉完全不明白是谁以何种方式一直在欺骗他。根据老师的这番惨痛的悲叹，老师可能是误会了什么才打算记住所有的词汇，拼了命地学习，也就是说，他以为那件用他毕生所学语言都无法表达明白的事物实际上已经在某处体现出来了；或者老师虽然守了三十多年的处男之身，事实上脑子里一年到头都想着那件事。

按吉已经完全搞不清楚了。

虽然有一堆事情没搞明白，但对按吉而言，他只深刻认清了一个非常明朗的事实：总之他捡了一条命。他感觉心里的阴云都消散了。于是他衷心感谢上天让老师失去了童贞，这样一来，他的心一时之间也有些飘飘然了。他甚至还若无其事地考虑一些忘恩负义之事，比如跟那个与老师交欢的妓女道谢。

当然，幸亏老师失去了童贞，使得我光荣的大日本帝国少了一个奇怪的藏语博士。这也是一件值得国民举杯同庆的无名之功。

在那以前，在一个叫泉州界[①]的城里有一个雅号社乐斋的俳句诗人。他学了如何成仙的秘药方子，花了半年炼制丹药，早晚服药，觉得自己差不多掌握了飞行之术，就从屋顶上跳了下来，结果把腰骨给摔断了。

---

① 今大阪府堺市。——译者注

传说自那以后，人们就把硬要干办不到的事叫作“不知天高地厚”[①]。

按吉偶尔在深夜胡思乱想时，会突然觉得：我该不会是那个社乐斋的后裔吧？进而深深感觉到心里特别没底。这么年轻就想要开悟，再怎么说也不像是思虑周全的人会有的想法。首先，悟这东西怎么会悄无声息地藏在词典等书籍里呢？原来也有个和尚怀着悟藏于书的思想，带着猴子大王和猪精等人去天竺取经，然而旅途艰险，命悬一线。按吉只不过是在电车上一路摇晃着去学校而已。

首先，大家可以看看印度的哲学家们。他们没有一个人是脑袋一热突然出家的。他们每个人曾经都是让警方束手无策的大恶人，净是色胆包天的大色狼，到了不惑之年，脑子里除了女人装不下别的。佛教首屈一指的大哲学家也立下悲愿[②]，要潜入后宫侵犯上千美女，愿望基本实现之后，他才终于动了皈依佛门的念头。更有甚者，一名大哲学家在侵犯母亲之后终于决心皈依佛门。不仅如此，这位老师还在大彻大悟，被大家誉为当代大圣人后，做了个与天女结婚的梦，还梦遗了。这事儿被他的徒弟发现了，一帮人把他围起来诘问他，他却装模作样说什么圣人也拿做梦和生理反应没有办法。弗洛伊德[③]要是听了这话，估计会揍他

① 原文写出来是“洒落臭い”，其日语发音和“社乐斋”一词相同。——译者注

② 佛教用语，本意是指慈悲的誓愿。现一般多指不惜任何代价都要达成的悲壮的心愿。——译者注

③ 西格蒙德·弗洛伊德（1856—1939），奥地利心理学家、精神分析学家、哲学家，犹太人。——译者注

一顿。虽然这些哲学家彻头彻尾都是一些品质恶劣的圣人，但按吉每次把自己跟社乐斋联系起来，心里暗自没底的时候都会纠结于这件事。虽然社乐斋怎么也不可能一下子变成仙人，但大恶人确实有可能变成圣人。

话又说回来，日本的和尚事实上也是彻头彻尾的恶劣之徒，但他们的恶劣跟印度哲学家的还不一样。

出席佛教讲座，老师们脑袋都很凉爽，其中还有管长[①]猊下[②]，都披着袈裟莅临教室演讲，一副一切皆空的态度，悠然自得，宛若天地般看透世间百态似的。他们能淡然解说通悟的哲理，但从他们的话语中，却怎么也感觉不到开悟的明朗、希望，以及这类东西的爽快感。于是按吉只能确信障碍因素不在于哲理本身，而是解说这些哲理的老师们人格（说得再确切些，是肉体）有问题——其实按吉也很清楚地感觉到了，问题只在于他们的肉体。其实，这感觉很黑暗。不知怎的，有种徘徊在人肉市场[③] 中的苦闷感。别扭，阴森。

有那么几次，按吉曾经在天气晴好的日子里气沉丹田，怀着充分觉悟去拜访高僧。听说和尚会毫不客气地敲人脑袋，甚至打上三十棒[④] 。这可不同于打一两棒，所以出发之前一定要做好充分

---

① 日本宗教团体的最高指导者之职（首长）。——译者注

② 原本是佛教对高僧长老的敬称，在日本也引申为对天主教枢机的敬称，意义等同于殿下或阁下等对世俗人物的敬称。——译者注

③ 原作为《Die Welsse Sklauin》，德国作家 Elisabeth Schöyen 著。描写了惨遭国际人口贩卖组织捕获的退役海军少佐之女春满子的故事。——译者注

④ 为了打破有些人的执迷，不少禅师或用棒，或用喝，或者“棒喝交驰”，作为一种特殊的施教方式。“棒”始于德山宣鉴。僧来参问，“道得也三十棒，道不得也三十棒”。后用于形容高僧严厉教导和警示修行者。——译者注

觉悟。这种时候，连太阳也为之阴郁，就算选个万里无云的日子出门，途中心情也会沉重憋闷。高僧们碰到按吉这种书生，基本都会愉快接待，见到以后，也会轻易聊到一起去，路上的不安通常都会云消雾散。于是各位高僧都会跟按吉分享他们各自开悟后的喜悦之情。不过即便在这里，按吉也还是有一种徘徊在人肉市场中的苦闷感，只有这种感觉跟在教室里没什么两样。

不知为何，按吉每逢拜见这种有威信的高僧，首先就会突然感觉到他们的肉体，而不是人性和心灵。这世上虽有“慈颜”一词，但想要实际体会到这个词，首选就是去拜见高僧。也就是说，高僧们的肉体总是慈眉善目，宛如春风，这梅花绽放般的和煦春风将人们包围。于是，直到告辞之前，这副慈颜都会一直充斥在按吉的眼前。然后，肉体的慈颜就会面带微笑友好地开导按吉。这副慈颜笑眯眯地说:“美女不过白骨。”有时候又会反过来，天真无邪地微笑着说:“不，美女这种丰满的肉感也挺不错的，要是能摸一下，估计真能长寿呢。”

住在长屋[①]里的八先生一年到头也叨念这个。不过长屋的八先生完全没有开悟，所以说这种话的时候眼神中都充满了下流的色欲，用言语简直无法形容。不过说真的，虽然八先生没个正形，面带淫笑、嘿嘿嘿地拍着自己的脑门儿，还会忽然重新盘一盘二郎腿，但只要一听八先生说话，就完全不会在意他的肉体了，就连按吉自己也会马上就笑眯眯地，比八先生还要没个正

① 是日本集体住宅的一种形式，一般为一层（也有两层），各个房间并排挨在一起，共享墙壁，走廊相通，共用厕所等设施。类似于我国当年的筒子楼。——译者注

形，重新整一整坐姿。反正大家都是不开悟的人，没办法。两人经常忘了时间，从深夜聊到黎明，就算没喝酒，第二天也会宿醉。

按吉听高僧讲话却听不到这个份儿上。自己没法马上就面带笑容，轻易产生共鸣。高僧的肉体以及慈颜，会和话语一起，先于一切慢慢渗透到按吉的脑海中来，把脑子往两边拨开，盘腿坐下。按吉不禁想要掩住双目，结群上涌的开悟毒气侵袭了他，他偶尔还会瞬间心生悚然。

这时候栗栖按吉交到了一个好朋友。这个好朋友叫龙海，是个正统和尚。他虽然不是高僧，却有着一具瘦弱的肉体，跟高僧一样经常讨论女人，但因为完全与开悟无缘，也就没有丝毫慈颜的影子。

龙海本应在和尚学校学习当和尚的知识，却老想着金盆洗手，他绝不参加什么和尚讲座，还说想当一名画家。偏偏龙海又是贫穷山寺的孩子，学费非常拮据，只能勉强填饱肚子，实在买不起油画用具。他用水彩和蜡笔画了一整个旅行箱的画，令人意想不到的是，画的全是女人。不是按吉小看龙海，在他的想象中，和尚画的多半是南画[①]这类山水画，总之应该画的多半都是风景。于是按吉震惊了——倒不如说是惊叹了。这些画，画得并没有多棒。按吉看完了几百张画，没有一张是风景画，全是女

① 南画，日本绘画因受中国“南北宗论”影响而称“文人画”为“南画”，并形成宗派。——译者注

人，就连一朵花都没有看见。

“因为我的脑子里除了女人什么也想不了……”龙海看到按吉震惊的样子，整张脸突然涨得通红，低头说道。龙海是正统和尚，就算关系再怎么好，说话也都十分客气礼貌。

龙海身形瘦弱，感觉一阵风就会把他刮跑，可他心里一直藏着一个执着又顽固的念头——一定要买套油画用具给他们瞧瞧！决心虽小，却毫不动摇。于是他为了每顿饭能省下八钱[①]，每天都去非常远的食堂吃饭，上下学也徒步走上四英里[②]路来攒钱。后来钱差不多快攒够了，他正打算去买油画用具的时候，却得了盲肠炎住院了，医学博士一口断定他身体太弱了，他攒下的这点钱也就全用光了。

龙海意志消沉，感觉前途无望，然而有一天他又重新振作起来了。因为他偶然认识了一个从法国回来的流浪画家，从这个画家口中听到了一个好消息：据说只要能设法去到巴黎，就算没有一分钱，也能在学习绘画的同时靠副业来维持生计。这是画家自己的经验之谈，对龙海而言，非常有说服力。

自那天以后，自听到那话开始，龙海就突然变成了攒钱鬼。一天三顿每顿八钱的饭也减到两顿，有时候一天只吃一顿，晃晃悠悠来上学，饿了就喝水，捡到的钱也自己攒起来。

“今天，我捡到了五十钱。马上，我就给攒起来了。”

龙海捡到钱，必定会跟按吉坦白，满脸通红，低着头坦白。

---

① 1钱等于十分之一日元。——译者注

② 1英里约等于1.609千米。——译者注

龙海心里肯定觉得，自己必须找个人坦白才行。比起跟警察坦白，跟按吉坦白更合适。虽然龙海不会一捡到钱就立刻跑去邮局存上，但他一年到头怀里都揣着存折。

于是龙海就怀着这种绝不退缩的决心开始积累偷渡到巴黎的路费了，同时也一下子达到了营养不良的极致，整个人呈现一副死相。按吉很担心。他有种不好的预感：这次可不是得个盲肠炎就能收场的。恐怕龙海一攒够这笔他朝思暮想的钱，就会过了鬼门关，只有魂魄咬牙切齿地飘往巴黎了。然而龙海很镇定，为了达到目的，他根本不在乎什么营养不良。

这时刚好发生了一件事。

龙海有一位和尚前辈，大概四十二三岁，在其所属宗派里已经是位名人了。这位学长是管长的随从，大家都把他看成管长（具体哪一代不清楚）的候补人选。由于某种机缘，这位前辈有一天拉着按吉和龙海，去了浅草的某家饭馆喝酒。

和尚喝般若汤[1]这事儿，大家在落语[2]跟小笑话里都常有耳闻。不过那说的都是酒肉和尚，他们连寺里的经书也不怎么了解。这位在人们眼中身为候补管长的高僧就截然不同了，他不会把自己喝成八先生、熊先生那样，给人拿来当落语里的笑柄。

这位前辈还有一点不能不提。首先就是他那副慈颜，那是世上少有的慈颜中的慈颜。他总是面带浅浅的微笑，就像暖春的轻风，悠然自得。嗓音也是柔柔的，就算喝醉也很少大声嚷嚷。他

---

① 和尚称呼酒的隐语。——译者注

② 日本的一种传统表演艺术，类似于中国的单口相声。——译者注

潇洒地调笑女服务生，灌龙海和按吉喝酒，却不会主动去灌自己。

于是这位候补管长带着两个小沙弥走进了茶馆[①]的大门。

这位候补管长可怜这两个小沙弥——他们没醉的时候就开始谈论女人，醉了以后谈论得越发热烈了，从头到尾都在谈论女人，开不了悟，真是极其可悲，因此也就萌生了恻隐之心。高僧打算教授他们具体该如何享受女色，如何把握享受女色的度。

来了几名艺伎。大家都跟候补管长有着多年交情，众人聊演戏、聊旅行、聊恋人，除了佛经以外什么都聊了。

到了深夜，一群人一起在一间茶室里睡得横七竖八。天亮了，大家洗了洗脸，换上和服，候补管长帮女人系好和服带子，动作之熟练让两位小沙弥目瞪口呆。

龙海和按吉并不是不感谢候补管长的一番好意。这确实是一番纯粹的好意。他尽量把这两个愚昧的小沙弥引向开悟，而且还故意采用召伎这种最容易被误解的方式来引导后辈，真是一番苦心。然而两人无法释然。不知怎的，两人心头总笼罩着一层吹不散的阴云。

“我心里怎么就是过不去呢？”按吉问龙海。

“何止过不去！简直臭不可闻！”龙海气得浑身直哆嗦。

两个人彻底颓丧消沉，在街上失落地游荡了一阵子。

两人首先能想到的是：既然都能做到那个份儿上，为什么不

---

① 这里的茶馆指“待合茶屋”，过去曾是召妓女和艺伎的地方。——译者注

干脆堂堂正正跟女人一起睡觉呢？

然而问题绝不在这里。

按吉认为，和尚即便堂堂正正跟女人睡了觉，也绝不可能就因此朝气蓬勃。这种散不去的奇妙毒气不光是跟不跟女人睡觉的问题，而来源于更根本的东西。和尚们只把女人当成发泄性欲的对象。他们会守身如玉，只是在守自己的性欲而已。

然而，俗人是会迷恋女人的。为女人不惜付出生命，做尽一切愚蠢之事，舍弃名誉，舍弃情义，执迷不悟。在高僧所认知的女性里，并没有这种让人爱得发狂的女性。按吉深刻地体会到了这个道理。谁对谁错已经没有讨论价值了。他深刻体会到：只要还有沉迷之心，就只能沉迷到底，无可救药。他意识到这点以后，再看那些没有慈眉善目、没有散发阵阵毒气的人，就发觉这些人很脆弱——他们似乎下一秒就要为女人痴狂，抛弃情义丢掉性命。

有那么一天，按吉在学校大门前捡到了一张传单。

从那一天起，到报名截止日期为止，按吉都在认真地思考。他渐渐想去朝圣了。

按吉想，干脆下定决心，成为横跨沙漠的一分子吧。他觉得只有到了那里，他才能体会到生命的存在。他莫名感觉到一种近乎乡愁的、强烈的冲动。

报名截止当天，他下定决心去了丸之内大厦。接着他来到了公开课的会场入口。他又犹豫了，在门前来回走了三趟。

然而，他最后还是没有进去。他就转身下了楼梯。因为他在来丸之内大厦的路上，在电车里见到了一个非常漂亮的女学生，美得让人眼前为之一亮。他的心强烈地悸动了。

于是，他觉得想去阿拉伯的那些念头都假得不能再假了。他一边下着丸之内大厦的楼梯，一边为自己有生以来头一次做了件真实的事情而感到亢奋。

他边走边对自己说：“今后，我也得一直这么做下去。”

自那天以后，他就放弃了开悟。龙海在正要偷渡去巴黎之前迷上了个女人，于是从此行踪不明，生死不知。

中庸

中庸

ちゅうよう

1

这村子出了一个陆军大佐和一个海军大佐。陆军大佐小野在南方战死，海军大佐佐田在战争结束后回了村子。我就是那个海军大佐。

我并不是出于本人的意愿才当上了村长。碰巧上任村长病死了，又没有其他合适的人选，大家就把这差事推给我了。大家说，只要去村公所，坐在村长位子上就行。然而在我印象中，我舅舅当村长的时候，如果有事村公所打杂的就会来接，若非如此，他就会成天在家里下围棋。我把这段回忆讲给了我的助理羽生，跟他说如果可以这样的话就不妨试试。他回答说：

“您也知道，这仗打完了以后世道完全变样了，哪怕在咱这种小山村，也有像城里那样喜欢到处讲理的人，虽说挺麻烦的，还是烦请您做到每天按时上班。您可以不用顾忌任何人，在村公所下一整天围棋。”

“不，我对围棋什么的都没有兴趣。搞搞园艺，整整田地这点乐趣就够我忙的了。所以啊，我一旦确定每天要来上班，这对我来说就不算什么苦事儿了，况且这应该也有益于身体健康。”

我就这么轻率地接下了这份差事。

村里的小学因为去年起了一场怪火，全烧没了。幸好新建没多久的初中还没烧干净，就暂时在初中和寺院实施轮流上课，目前好歹还搭了个木板房当校舍，之后就该动工盖真正的校舍了。然而，资金方面搞不定，没人想当村长也是出于这个原因。

可是，没有村长这事儿也没法搞，所以助理和村公所的委员们找到我，说新建学校和资金的问题都他们自己弄，不用我操心，所以麻烦我来当村长。就算我什么都不做，我的头衔也会自然而然发挥作用，事务也都由助理代办。换句话说就是名义上的村长。原来如此，世上这种村长应该不少吧。我也就大笑着当了村长。

从我刚上任起，小学的事儿就很成问题。等我实地考察后，才渐渐发现这件事运作起来要比操纵军舰困难得多。

在南方战死的陆军大佐小野的女儿原先一直在这所小学当老师，这位女士在村里风评相当差。不过她父亲是她父亲，她是她，尤其他父亲跟我都是军人，我也就没见外。想着谈一谈多半就能相互理解，私底下还很期待与她见面。

有一天，她往村公所打了个电话，说有话想当面跟我谈，让我来学校一趟。羽生助理有事出去了，我也找不到其他合适商量这事的人，正好又该下班了，我就决定去学校看看。

冬日傍晚，刮着凛冽的寒风。校工把我领到办公室，有位女性肩披外套，正蹲在火盆边取暖，这人就是她。她看到我，轻轻点头致意。

“太无聊了，我就给你打了个电话。我今天值班。又没有别的事可干，烟也抽完了，就捡烟屁股抽，初中办公室的火盆我也翻了个遍，想敲竹杠也没有人可敲，正想着会不会来个笨蛋给我敲，突然就给你打了个电话。村长，您好吗？村公所有意思吗？”

“你捡烟屁股抽？”

“对，用旱烟袋抽。”

“哈哈，你平常就把旱烟袋挂在腰间呗？”

“怎么会，我是从男老师的抽屉里找到的。你有烟吗？”

我并不讨厌她。原来如此，她跟大家说的一样，没什么礼貌，但是位很直率、很有意思的女性。

我从怀里拿出了香烟递给她，她笑着接过去，非常高兴地说：

“不出所料，真好骗。可能是我坑他们太多回了，只有其他村子里的人才会给我烟抽。”

“你这么喜欢抽烟吗？”

“废话。要不还能干些什么？”

“看书吧，身为教育者也需要读书。”

“小学老师有武力就够了，另外就是要有以物易物的概念吧。付出就该有回报，虽说我什么都给不了你，不过我总觉得这村子里的东西我基本都可以拿吧。难道烟这玩意还要钱买吗？都跟不要钱似的。”

“你拿钱买什么呢？”

“我那点儿钱哪够买东西。来，你看看，这就是二十五岁未婚女性穿的衣服！胸口，胳膊，连裙子上都是补丁。胸口和胳膊还是小孩拿小刀割的。我也想穿尼龙袜子，你看，这袜子，比残兵败将的袜子还要寒碜。”

“没那么惨，这袜子在这村子里算华丽的了。换条灯笼裤，不穿裙子就用不着袜子了。絣织的衣服开个线，打个补丁倒不显眼，不过你这身衣服穿起来，却跟蝾螈开膛破肚了似的。”

“真会说话，这村子里的男人比东京报纸还会耍嘴皮子，尤其是在挑女人毛病的时候。好像这村子里的男人这辈子的事业就是打倒女人似的。”

我跟小野真理子的第一次见面就是如此。没过多久，值班的男老师来学校了，我也就准备告辞，可那个男老师一看见我，就跟看见宿敌似的冲到我面前，逼问我说：

“我们今年就要靠这临时盖的木板房过冬了吗？窗玻璃基本都碎了，您是没看见吗？教室地板也都没铺。等积了雪，教室里就该满是泥泞了。您是要让孩子们在这种地方学习吗?！”

他打开门，给我看了看教室内部。我没回答他就走了。

我跟我老伴两个人在这村子里生活，所以跟他人的话题自然也很有限。但没有想到临时校舍连地板都没铺，也不知道窗玻璃大部分都碎了。那男老师对我这个长辈说这种话虽说是有些出格，不过这番质问也没什么错。我打算第二天跟羽生助理谈谈这件事，看看怎么应急处理一下。

然而第二天我刚到办公室，就发现助理早就在那等着我了。

“您昨天去了小学是吧。您跟那女老师做了什么，跟那位堕胎老师？”他怒气冲冲地逼问我。

我不知个中缘由，就回道：

“这村子不准村长跟女老师说话是吧？”

“您还给那人香烟了是吧，一根香烟？”

“我看她没烟抽，就给了她一根。”

“她一直都没烟抽呀。要不您就一直给她？身为村长，给那个堕胎老师香烟。”

“堕胎老师是什么？”

“就是堕过胎的老师啊。村里人都这么叫她，没人叫她的名字，连小孩背地里都这么叫她。只要给她根烟抽，她可能就会陪你上床，是比妓女还不如的浪货。因为那人在这村子里当老师，所以小学就是伏魔殿[①]。”

“伏魔殿？指的是宫殿吗？魔王是谁呢？”

“区区一个原海军大佐的话，连魔王都当不上啊。战场都上不了的海军大佐，干什么都成不了气候。”

再没有比他这几句更能侮辱我的话了。

没错，我是个连战场都上不了的海军大佐。第二次世界大战即将爆发之前，我被编入了预备军。在这种缺人缺到随便拉个人

---

① 指妖魔聚集的地方，出自《水浒传》。——译者注

就上的关键时刻被编入预备军，不就意味着上面认为我非常无能吗?！要是晋升到少将才当的预备军，心里还能好受一些，然而我并没有，因此我茫然自失，也因为这份奇耻大辱动过自杀的念头。

之后，我调整心态，在一个叫作海军水路部的地方当了一个小雇员，既然是雇员，预备大佐这个名号也就派不上用场了。我一面挨着跟我儿子差不多大的中尉少尉的骂，一面告诉自己这是在修身养性。忍着忍着，终于熬到了战争结束。身为军人，在遭遇未曾有过的大战之时却被免去官职，不许参加大战——多么可笑！这段历史连子孙都不能告诉，只能拿来自嘲。

羽生甩出了几句我最害怕的话，于是我很奇怪他是怎么想的。就算是仇人，多少也会留点情面，能面对面说出这种话，肯定是有什么了不得的事。可我完全没有头绪。

“我不知道我去了一趟小学，就能让你这么不高兴。你是不是有把给妇女香烟的男人想成恶人的怪癖？”

“嗯，算有吧。跟村长被本村的招牌骚货叫出去拿烟给她抽差不多怪的怪癖。”

“话说，小学的临时校舍好像没铺地板呀，玻璃大部分也都碎了，能不能想想办法呢？”

“您还好意思提这个？”他脸色大变。一时间好像在思考什么，突然又下了什么决心似的，从书架上翻出了几本书。“您先看看这个吧。那临时盖的木板房就已经让我呕心沥血了。如果要是没有我，就连那木板房都没得盖。哪儿有钱呀？没有钱，那木板房是怎么盖起来的呀？”

他嚷嚷着，又来来回回从书架上取了好些书。没过多久，我的桌子上就堆起了一座书山。

“您先看看村里的经费吧。看看到底有多少收入，有多少支出。然后是新建小学的额外收入，您看看到底有多少支出，盖木板房又需要多少，还有大概一半没付清。您再看看我把村里的经费都用在哪儿了，您查查我的差旅费。自我上任以来这七年，我都没有要过出差补助。我自己出钱，我跟那些卖解毒药的住一样的旅馆，到处求人，总算才盖成了那样的木板房。您跟我提这个，不觉得自己厚颜无耻，不觉得害臊吗？您什么心血都没付出过，还好意思说这种话。”

“我明白您的意思了。那我就如您所说，拜读这些文件以后再谈我个人的看法，不过你太激动了，你把我说的话都给听岔了。咱们都冷静点，好好谈谈，齐心协力为村子办事。”

我安慰了助理羽生，之后花了一星期翻看那些旧文件。他说得没错。这村子非但不景气，而且村里的财政简直都空空如也了。因此他无欲无求、尽忠职守的作风堪称伟大。他东奔西走一向是自己掏腰包。

他会这么愤怒，多半是因为自己这份努力不为人知吧。这么看来，他会生气也不是没有道理。我很羞愧自己对此一无所知。因此，我为我的无知向他道了歉。但我又重申了一遍：

“我知道预算不够，不过，能不能勒紧腰带给学校铺上地板呢？”

我话音刚落，他的眼神就突然又凶恶了几分。

“这样呀，那您自个儿来吧，村长。别客气，咱就弄到您满意为止，村长。”

当时我第一次体会到在被人叫作村长时的那种不寒而栗的屈辱。

羽生说道：

“不过嘛，反过来一想，不铺地板就不用担心着火了。干脆把教室铺上地板，值班室和办公室就不用铺了。在直接铺上稻草的地面上值班，挺适合那帮家伙的。”

2

小野真理子除了羽生以外还有很多敌人。而且，除了羽生之外，其他人跟她结仇的缘由都很明确，基本上都是因为一些可笑的事。

比方说，根作有一匹马。根作这男人不管什么事都喜欢逞威风，喜欢鄙视别人，尤其是他这匹马，好像有什么特别之处似的。他经常说：“老子这匹马是日本第一的马。”于是他家孩子就把根作这个骄傲劲儿完全套用到了作文里，说自己家马懂人话，会回应人，跟楠正成[1]一样尽忠职守。于是真理子就在文章

① 楠木正成，幼名多闻丸，明治时代起尊称大楠公，为镰仓幕府末期到南北朝时期著名武将。——译者注

末尾加了一句评语：

“下次让你爸爸买只日本第一的鹿。”

过了十来天，根作才来学校抗议，看来他之前都没有反应过来。他牵着马缰绳闯到学校里，站在马身边，从早到晚发了一整天的牢骚：

“你说老子是日本第一的马鹿[1]呗？还是说，这匹马是日本第一的马鹿?！不管你是哪个意思……”

因此学校一天没能上课。从那以后，根作就跟真理子结下了不共戴天之仇，不管什么事都明摆着跟真理子唱反调。

另外，茂七曾经因为赌博被抓过。赌博是这村子里的恶习，把赌博当成日常娱乐的人不在少数。虽然没有放贷的老大，也没有靠走赌徒这一歪门邪路维生的，但农民晚上这点乐趣就是赌博。每年都有数不清的人被抓，那年茂七就被抓了。

于是那一年小学的才艺表演大会上，就表演了赌徒赌到一半，遭警察破门而入的戏。然而，演被抓之人的正是茂七家的小子，他边哭边三跪九叩还不够，手还被警察绑在身后，嗷嗷大哭着被带走。

茂七自然怒了。多数村民也怒了，因为他们都是赌博的惯犯。

班主任真理子说，这部戏是孩子们自发创作表演的，角色也是孩子们自己决定的。人们质问茂七家小子，他不仅点头肯定，还自告奋勇要演自己爸爸——诸如此类的真相也渐渐浮出了水

---

① 日语中的汉字“马鹿”指笨蛋，白痴，蠢货。——译者注

面。这帮跟茂七一路货色的人没想到最后会自取其辱，于是越发憎恨真理子了。

以上不过是其中的几个例子而已，真理子的敌人就像这样多。有一次村里碰巧要设置消防用水，按理说应该设置在民居密集地带，由此村民们的决定出奇一致——把真理子家拆了，设置在真理子家那个位置。因为已故的小野大佐离开家里，另立了门户，所以在这村子里没有自己的房子，他的遗属在战争期间就租了一间小农房，安排逃难期间的生活。

我就任村长后，拆迁的日子到了，小野的遗属不得不搬出家门。小野的遗属除了真理子，就只有她母亲和弟弟，一共只有三个人而已。她弟弟却因为患有骨疽，一直以来都卧病在床。

在这山村里也不可能有多余的住处，因此真理子一家不知该搬到哪儿去。这时候她学校的同事看不过去了，就决定把一家人收留在值班室，也没有问村公所和村议会的意见就自作主张让他们搬了进来。

于是村里的人们在村公所的楼上开了个紧急会议商量对策。按照村议会的意见，学校这边的做法是公然与整个村子为敌，因此我站出来说道：

“学校这边虽然不应该擅自进行处理，但是眼看着自己同事一家人没地方住，只有提供学校的值班室给他们这一个办法，办法本身没什么错。他们的办法一眼看上去像是在故意跟我们作对，可话说回来，依我愚见，他们会对我们抱有敌意，也是因为我们为了设置消防用水而牺牲了小野遗属的房子，没有给他们安排住处。总之，我觉得咱村的做法也有需要反省的地方。”

我话刚说完，就有人大吼道：

“你说的什么话！”

是马和鹿的根作，他是村议会的议员。

他说道：

“没有房子能怎么办，还是说村长你能用魔术变出个空屋子来？”

山村里的人有种天分，在跟人争论时用的比喻都很巧妙。

“再说了，学校的值班室本来就是公共房产。不忍心看着同事有难是没错，那他们怎么不敞开自家大门来收留人家？把村里的公共房产拿来自己用，这贪污可贪得真离奇。”根作一口咬定，虚张声势地说道。

农民们出人意料地擅长辩论，我就任村长以来深刻体会到了这一点。我曾经再三讲述浅显的常识给他们听，却多次遭到深刻的回击。我的坏习惯是爱多嘴，论据又站不住脚。我挨了根作的回击，只好沉默。

“村长没用！”

“别插嘴村里的政事！”

“你忘了我们怎么约定的吗？！”

在众人的责骂中，我果断离席了。我自认是个无为无能的村长，所以吃了回击就该干净利落退场的这点觉悟还是有的。然而他们在我离席后，似乎达成了一个奇怪的决议。

之后的那个星期日，木匠突然闯到小学里，把办公室和值班室的地板托梁给拆了，拿了一部分铺在教室当地板，而办公室和值班室就变成了泥地。

接到消息，我也赶去了学校。连我这个村长都被村议会议员及其手下的村民拦着，不让进入施工现场。一部分村民身穿消防服，看样子是要毫不留情地歼灭闯入禁区的人。

“下戒严令了是吧。”我嘟囔道。

“放肆！说话小心点，亏你原来还是军人呢。”

羽生骂我道，脸上的青筋都暴出来了。

前阵子羽生不小心说漏的那些话跟今天发生的事情一模一样，因此我想，今天这事多半是他带头的。

于是我对羽生说道：

“你前几天把几年来的账簿给我看，硬说再怎么挤也挤不出一块地板了，那是缓兵之计对吧。今天你这行为也太不讲道理了吧！”

“哈、哈、哈！今天这事我可没花村里一分经费。这还只是个开始。根作都说了，只要能把那个骚货和她的同类从村子里赶出去，把他那匹宝贝马卖了都行。”

“那鹿不就没脑袋了？”

“放肆！”

羽生又气得青筋暴起，村民围在我们四周哈哈大笑。流言传得真是快，这事被围在学校旁边看热闹的人传来传去，就变成了根作为了垫今天这笔木匠钱，把自己那匹宝贝马都给卖了。根作一听脸色大变，跑了过来。

“村长在不？！人呢？！”

羽生迎了上去，说等他好久了。

“村长说话太放肆了。他说你把马卖了，鹿不就没脑袋了吗。”

“哟！老子正是为这事儿来的。村长到底是凭什么讲这种蠢话啊？！今天的费用是老子把马卖了筹到的？老子什么时候说过要把马卖了？村长就这么恨老子这匹马吗？！想让老子把这匹马给卖了吗？！”

羽生扑了个空，很是狼狈。

“不，今天这事儿跟马没关系，今天的费用我可以自己掏腰包。这是两码事，总之，你过来一下。”

羽生拉着根作的手，赶紧把他拉到一个没人的角落去了。

我则四下找寻真理子。已故大佐是陆军，而我是海军，所以我们只偶尔在老乡聚会上碰过几次面，并没有深交。然而，同样身为军人，我没法眼睁睁看着故人的遗属遭遇今天这样的困境而不管。我想，如果他们没有去处，我可以提供一间我家的屋子给他们住。

真理子不喜欢成为众人好奇心关注的焦点，也不喜欢别人同情她，就从学校逃了出去。

真理子一直在山边的禅寺避难。我刚到那边，就先碰上了前几天打过照面的男老师。他瞪着我，眼里弥漫着浓烈的憎恶，他是禅寺的房客。

“小学的老师是狗吗？！要在泥地上办公，在泥地上铺上稻草值班了是吧。你见过监狱吗？哪怕是牢房，只要是人住的地方就会铺着地板的！你怎么这副表情呀?！我的话听起来很奇怪吗?！”

他在示威说自己不是狗，这点我也有同感，不过他这气势汹汹的态度我就不能赞同了。这确实跟狗没什么两样。我觉得，他跟戒严令之下的消防队员和村议会的议员一样，都只是龇牙咧嘴的狗而已。

我不想回答狗吠，就去找真理子了。据说真理子避开众人，爬上了后山。后山是一片墓地。

真理子坐在一块墓碑上，瞪大双眼，抱着胳膊。她就这么一直盯着我走过来，于是我也露出了苦笑，道：

“今天我到哪儿都被人瞪呀。”

“我的烟抽完了。”真理子板着个脸，撇开眼睛念叨道。

“您也知道，我是个无为无能的村长，靠村长的力量帮不了你什么忙。幸好我们夫妇二人房子非常够住，房间可以随您使用。”

真理子吸了一口我递出的香烟。

“我处境看起来有这么惨吗？”

“看起来是挺惨的。”

“看来我还是别打肿脸充胖子的好。不过，更惨的时候我也遇过，都不止十次二十次了。只要我像这样在这儿发呆，就会有人过来，大家就会给点东西，也会有人给我烟，这不算什么。”

“你这还是在打肿脸充胖子吧。”

“应该不算吧。我呀，还要感谢羽生助理呢。因为他教了我在泥地上铺稻草也能睡觉这一招。被褥跟榻榻米可以叠起来收到壁橱里，清扫起来也方便得多。我昨天晚上睡在榻榻米上的被窝里还是睡在泥地上的稻草里，又有谁知道呢？不光是我，就算换成皇帝也一样啊。皇帝要是拿被子蒙着脑袋睡觉，露着屁股在茅厕蹲坑，就太荒唐了。从泥土和稻草里醒过来，爬出来，这才更像皇帝嘛。”

“我原来也自暴自弃过。到头来开水只能烫伤自己，不能拿来喝，也不能拿来洗澡，想活下去只能用温水。如果意识到自己无为无能，就能在榻榻米上平凡地做梦。”

“大叔，您有孩子吗？”

“嫁人了，还有个儿子死了。”

“最近，我什么时候用过这词呢？大叔这个词，我可能是想依赖别人了。真想有骗人的本事啊。”

“来我家休养吧。”

“不行的。”

“为什么呢？”

“因为我得从泥土和稻草里醒过来。我会时不时找您去要烟的，聊聊我在稻草里做的梦。帮我跟阿姨问个好。”

真理子伸了个懒腰，走掉了。

我沿着山路从墓地回到了家里。路上我曾经后悔过没有强行把真理子和她家人领去我家。我家人听了这件事以后眼看着就要站起来去接，她说：“为什么不领他们过来呀？我去把他们带过来吧。”

看见她这个样子，我心里又改了主意。

“算了吧。多可悲呀，我们甚至没有资格强行拦着她。”

“这种事还要什么资格吗？”

“要的。我是农民之子，当了半辈子军人，却不知道可以像她那样勇敢，选择睡在稻草里。我不配给她什么忠告呀！”

我竟不知不觉泪流满面。我这一生已经在愚蠢之中过去了。已经没办法挽回了。

我是男人，是军人，然而我完全没办法像真理子那样挺身而出面对事情。更可况如今我已经年老体衰，我以前哪怕要是有真理子一星半点的勇气，多半也就得救了。

3

真理子和她家人又搬回了满是泥土的值班室去住。有人说只有她患病的弟弟睡在自制的床上，铺了被褥，而真理子和她母亲则睡在壁橱里。也有人说他们在泥地上铺了稻草，在稻草里睡觉，诸说纷纭。

这出乎意料的结果让羽生和根作等人吓了一跳，他们再次召开紧急会议商讨对策。我特地说了这样一番话：

“我自认是个把村中政事都甩给大家去做的无能无为的村长，所以我也不多要求什么。不过我再怎么说也还是村长，所以希望大家有事好歹也能跟我报告一下，比如说你们的决定之类的，也征求一下我这个村长的意见。好比这次的事情，说不定也就能防患于未然。我没有什么特别的才能，但我觉得我起码有一个长处，就是在尊崇中庸这方面不会落于人后。政治这东西要技巧，要策略，要随机应变，从某种角度来看像是非常复杂困难的东西，而换个角度来看，只要坚持中庸，就不会有什么大的过失。就这层意思来说，我觉得我这个无为无能的村长是不是多少也能有点存在价值？再说了，不征求村长的意见就实施村议会的决定，对我个人而言，我没有办法发挥自己这一点点长处，对村民而言，我也没有脸面对各位村民。在这里我想给大家提个醒，希望以后不要再发生这种事。”

于是根作站起身说道：

“老子也想给村长提个醒，不要每次都拿老子是个无能的村长来解决问题。您也知道，咱村的财政预算很紧张，像是预算不够就卖了根作的马来补缺这种方案何止是无能，简直是独裁，是暴君！拿无能来说事儿，不去解决困难，简直就是卑鄙！怎么样，你也该有点想法，想着老子自己要做点什么了吧？你也该有点觉悟，狠下心自己掏腰包，想着不够的预算老子来填了吧？只要投身到工作里面，人自然就会有这种心思，还是说军人即便当了村长也舍不得自己掏腰包？”

“没错！没错！自己掏腰包出钱！”

众人一片骚乱。其中还有人喊：“赎你当兵时候的罪！”还有人喊：“你打算当主子不成？”每一句都有如万箭穿心。我又说了不过脑子的话，才招来了这般苛责。

我家里并不富裕。父母把田地留给了我，但我这种外行也种不好。幸好我当兵的时候为老父老母新盖了这间房子，如今我住上了。除此之外我也没有什么积蓄。如此想来，战争结束以来，我还是靠当村长的工资才改善了伙食。我一动不动地茫然站着，等到众人安静下来以后又开口说：

“各位的话，每一句都打到了我的心坎上。各位骂的确实没错，我在这里深表歉意。如果我自己有积蓄，我也会自己掏腰包；如果我有政治家的才能，我也会四处奔走筹钱。这两样我一样都没有，我还玷污了村长的位置，全怪我做事不够慎重。我在这里对大家深表歉意，希望辞去村长一职！”

这是我发自内心的声音，然而对众人来说，好像在他们的意料之外。周围忽然安静下来，也没有人说话了。这时候羽生助理站了出来，令人想不到的是，羽生竟瞪着眼睛向众人说道：

“各位议员对村长言辞太过失礼了。说起来各位当初推荐佐田海军大佐当村长的时候，是跟大佐怎么约定的？咱不是约好了，资金跟其他杂物都不用麻烦大佐吗？再说了，大佐清正廉洁，为人严谨，在军人之中也是一位堪称楷模的无比严谨正直的将军。怎么能跟这村子里自私自利、利己主义堆成的人相提并论呢！要不是世道如此，你们这帮人连爬到他脚边的资格都没有！就算死了，你们也不配跟他同坐一席！你们这帮人是堕入了畜生道的玩意儿！地狱的恶鬼会来把你们接走的！”

羽生咄咄逼人的气势太可怕了，连我都下意识觉得脖颈上被泼了一盆冷水。

因为出了这种事，当天的紧急会议搞得一团糟，我辞去村长这件事也就搁置了。

第二天，我正犹豫着是否要去上班，羽生却特意来接我了。他说我得去上班，在村长座位上摆出一副神气十足的样子，不然这事收不了场，一边说就一边拽着我的手把我拉走了。

“对他们来说，没有比自己吃亏更大的事儿了。他们不舍得为世界为他人投一分钱。”羽生还没生完气。

他心境会如此转变是有原因的。这次是他带头找的事，却没有达到预期效果，所以同伙的气都撒到他头上来了。

尤其这次找事还花了不少钱。这是村里预算之外的花销，说好大家一起承担。然而因为没有达到预期效果，所以首先金钱之恨就跑到了第一位。他们这么猛烈地批判羽生，也是出于不想承担费用。村里有流言说，最后费用全由羽生自己掏了。

这么想来，羽生也是个不可思议的人物，或者可以说是个悲剧性的人物。他为了村子自己掏腰包东奔西跑，却少有回报，也没有人尊重他的意见。偶尔他的意见得到尊重，多半也是狡猾的村民们想把负担加在他身上。

他也不像什么有钱人，先不说平时自掏腰包，就说这次的花费他是如何付账的呢？为了别人的事搞得自己都快头痛不已，可他却对他自身的损失和心痛不提半句。他下定决心，要坚持自己的本愿——把发生在他身上的苦难藏起来，忍着不对任何人说。反过来，却把那些害他遭苦受难的人想得要多坏有多坏，说他们的坏话。

“既然事已至此，我就告诉您吧。小学的怪火是有人刻意放的。”

他领我到村公所的途中，突然说了这么一句话。

“你看见有人在现场放火了？”

“我虽然没看到，不过根据种种迹象来看，犯人就是他，是根作放的火。”

肯定是恨过头了，又把人想得这么阴险。他看我漠不关心，脸上露出了几分怒色，开始跟我解释道：

“去年，我记得在小学发生怪火之前就起过三次火，每次都是因为用火不慎起的火。可是这村里竟然连续起了三次火，这是未曾有过的异常现象。当时根作是村里的消防队队长，他带头办的防火宣传周。他说咱村子在战争期间都没有做过防空演习，如果不在这种时候动真格的，万一着了火就不顶事了。所以当时，全体村民就像战争时期的东京那样，练了一个礼拜的救火接力①。当时您好像也参加了救火接力，不过大部分村民都是心不甘情不愿参加的。而且，小学的大部分老师也成天见不着人影。按他们的话说，救火接力这东西只能用在空袭的时候，只能在大家都收拾妥当，等着起火的时候派上点用场，平时没有那么多人能排起大队接力救火。简而言之，就是如果小学深夜着了火，也没法组织接力，因为附近一户人家都没有。等到人数凑够了，消防队应该也到了。如果消防队没到，需要老师们自己接力

---

① 人们排成一行拿着水桶传递水来灭火。——译者注

救火的话，那消防队就应该重整旗鼓回去玩命训练了。小学有负责值班的人，时常注意着用火安全的问题，所以如今没必要参加什么救火接力。根作再怎么坚持他们都不给防火安全周帮忙。因为大部分村民也是不甘不愿被拉来参加救火接力的，他们就说学校老师说得在理，根作的风评也就不好了。根作从此就记仇了。他跟小学校长争论来着，说要是小学着火，值班的肯定会给扑灭吗？校长则说，值班的不是消防员，灭火是灭不了，不过为了防止火灾，他们加强了巡逻，不用担心学校着火。当时我也在旁边，根作听到校长这么说，没法反驳，一直咬着嘴，很不甘心。因为太不甘心了，他就放火烧了小学。”

“就没人看见吗？”

“没人看见，不过肯定是他放的火。那天晚上值班老师从值班室溜了出去，在妓院喝得烂醉如泥。那时候在他隔壁包间里喝酒的就是根作。根作知道值班老师喝得神志不清才回的学校，就从妓院出来了。值班老师忘了巡逻校园，倒在床上呼呼大睡，大约三个小时后忽然转醒，发现学校已经成了一片火海。虽说他疏于巡逻，但火明显是从校舍那边着起来的，那边不应该有火源。这场怪火的原因至今不明，但肯定是根作放的火，这是不争的事实。”

“他是消防队队长，根本不可能放火，听说他当队长当得还特别用心呢。”

“就是太用心了，背叛战争的都是军人呀。我多少也吃了些军粮，所以我深有体会，军人爱逞威风，妒忌心比普通人要强。

他们最惦记的不是国家，而是自己的成功和别人的失败。而且，不光军人这样，所有行业里最大的叛徒就是走这条路的人。无论什么事，都是这样的。”

我都快要以为他自己就是那个纵火犯了。然而他不管是言行还是举止都有条有理，也很冷静，看上去并不可疑。

接下来的星期日又出事了。据说羽生独自闯入学校，正在掀教室的地板。

我接到消息赶往学校，这次完全看不见类似戒严的情景了。孩子们在校园里玩耍，像是什么事都没发生似的。羽生独自在教室里埋头掀着地板。

“您真拼命呀。”

我笑着走到他身边。

“是在修整学校吗？”

“说啥呢。这是我的东西，我要趁没弄坏赶紧拿回来呀。”

“你是干这种事的人吗？”

“咦，我拿回自己的东西，有什么奇怪吗？”

“你不是自掏腰包为村子献身的人吗？还为了重建学校，一直在默默无闻孤军奋斗。为了重建学校，你不是已经掏了不少钱吗？单独把这地板拿回去多说不过去呀！”

“我是自己掏了腰包。不过，人不会一直走老路。您这哄孩子的口气也太没礼貌了！还是说，因为我之前自己掏了腰包，您就要让我把所有财产捐给学校？您这么厉害，那您来呗！我已经受够了。您站这儿碍我事，请您让开。”

我没有办法，只好走开了。我无意中看了一眼值班室，真理子和她母亲好像出去了，不见人影。得了骨疽的病人还躺在粗制滥造的睡床上，正在被窝里睡觉。虽说是睡床，也就是在泥地上放了几根木棍，在上面铺了块板子而已，离泥地只有两三寸高。实在不能说是睡床，倒像把路旁死于非命的人安置在了附近的小屋里似的。若是想象一下他母亲和他姐姐铺着稻草睡在他身旁的样子，就会感觉到他们比难民还要悲惨。想到这些人就是大佐的遗属，我感觉胸口都要撕裂了。

我回到羽生那里说道：

“很抱歉打扰您，不过有件事想跟您商量一下。我想自己出钱给值班室铺上地板，能麻烦您开个合适的价钱把地板让给我吗？”

“我本来就打算自己拿走，价钱是便宜不了多少，如果您想要这些地板，我就让给您。”

虽然很贵，我还是拿到了足够铺在值班室的地板。羽生干完活，开始把地板往车上堆，我就跟他借了木工工具，开始给值班室铺地板。

这时真理子回来了。

真理子没跟我打招呼，一直盯着我干活儿，脸色渐渐青了。

“别铺了。都没事先跟我说一声。”

真理子冲到我面前，从我手里抢走了工具。

我一直以为真理子会感谢我，所以一时不知如何是好。

“抱歉，我以为我们很熟就擅自动工了。我打算傍晚之前把地板铺上呢。”

“谁委托您干的？”

“没人委托我这么干，我以为你会跟接香烟一样高兴地领情呢。”

“跟接香烟一样？接香烟怎么了？”

真理子太过凶猛可怖，令我说不出话来。真理子在泥地上来回踱着步，说道：

“我们已经把榻榻米什么的都扔了。我恨榻榻米。如果我依赖榻榻米，我就没法在耻辱中活下去。如果要把这病人放在榻榻米上，还不如干脆掐死他给他个痛快算了！我肚子里怀了个丢脸丢到家的种，原来我打过孩子，但这次我不会再打了。我要大摇大摆把这个没爸的孩子生下来，在泥土跟稻草里把它生下来！”

真理子的脸一下子泄了气，眼睛也凹了下去，十分狰狞。我放轻脚步，悄悄走开了。

羽生一直在校舍后面偷听我们的对话。他看到我离开，拉着车跟了上来。

羽生冲我念叨道：

“女人就是这么回事儿。剥了表面那层皮，什么女人都一样。”

我忍不住火了，冲他嚷道：

“闭嘴！你这似人非人的玩意儿！放火烧学校的就是你吧？你就是这村子里所有不幸的元凶！”

“您说是我放的火？”

“你不是为了拿别人的不幸取乐，才提出要掀地板的吗？！

除了你，还有谁能放火烧村里的学校?！”

“您这话真有意思。”

他放开车，右手拎着铁锤向我走来。

“我呀，是诚心诚意打算为村子奉献一切的。虚己而问焉[①]，为村里鞠躬尽瘁。我图的不是名声，甚至也没想过要当村长。我很自豪能一直当大家的垫脚石，默默为村里尽心尽力。我要的只有一点点的满足感，不为人知的满足感，您却冤枉我是纵火犯！有意思！一直以来，我只对您还有几分信任，总之您这人真有意思呀，居然冤枉老子是纵火犯！”

他突然扑上前来，在我全身上下一通乱打，最后给了我眉间一击，于是我倒在了地上。

幸好我伤得很轻，然而世人对我的评价就不容乐观了。他们说我是个连给小学铺地板的才能都没有的无能村长，说我最后发了疯，拿助理当纵火犯，弄得自己头破血流。全村上下都拿我这事当笑柄取乐。

我的无能，我的发疯，虽然两者皆有，不过多半这样才对吧。回望我这蹩脚的一生，也算有个善终了吧。

我这样写下了我的墓志铭：

“败于中庸。”

---

① 出自《汉书·五行志》。——译者注